I0550701

ACTE II, SCÈNE X.

LE BRASSEUR DE PRESTON,

OPÉRA COMIQUE EN TROIS ACTES,

Par MM. de Leuven et Brunswick,

MUSIQUE DE M. ADOLPHE ADAM,

REPRÉSENTÉ, POUR LA PREMIÈRE FOIS, A PARIS, SUR LE THÉATRE ROYAL DE L'OPÉRA-
COMIQUE, LE **31** OCTOBRE **1838**

PERSONNAGES.	ACTEURS.
DANIEL ROBINSON, brasseur.	} M. CHOLLET
GEORGES ROBINSON, officier.	
TOBY, sergent	M. HENRI.
SIR OLIVIER JENKINS, capitaine de vaisseau	M. RICQUIER.
LORD MULGRAVE, général aide de camp du roi	M. GRIGNON.
LOVEL, aide de camp du général en chef.	M. FOSSE.

PERSONNAGES.	ACTEURS.
BOB, garçon brasseur.	M. TESSIER.
EFFIE, fiancée de Daniel Robinson.	Mlle PREVOST
LE ROI D'ANGLETERRE, MISS ANNA JENKINS, SEIGNEURS ET DAMES DE LA COUR, OFFICIERS, GENS DU CHATEAU, HUISSIERS DU CHATEAU, SOLDATS, GARÇONS BRASSEURS, GARÇONS DE TAVERNE, PARENS ET AMIS de Daniel Robinson.	

*La scène se passe en Angleterre, en 1745 : le premier acte à Preston ; le deuxième au camp des armées royales ;
le troisième au château de Windsor.*

ACTE PREMIER.

Le théâtre représente une cour de brasserie. — A droite, l'entrée des bâtimens d'exploitation. A gauche, la maison
avec un escalier rustique montant à la porte ; au fond, un mur de clôture, avec une large porte charretière.
Charrettes, sacs de houblon, outils de brasseur, etc. Une cloche fixée au mur des bâtimens à droite ; un banc
à gauche.

SCÈNE PREMIÈRE.

BOB, puis DES GARÇONS BRASSEURS.

INTRODUCTION.

Au lever du rideau, Bob sonne la cloche pour appeler les
ouvriers au travail ; ils accourent gaîment.

CHŒUR.

Allons, bon courage !
Amis, à l'ouvrage,

Et point de repos !
Dans la ville entière,
On se désaltère
Grâce à nos travaux.

BOB.

La France est bien fière
De ses vins nombreux ;
Mais, pour moi, la bierre
Vaudra toujours mieux ;

Oui, je la préfère
A toute boisson...
Gloire à l'Angleterre,
Pays du houblon !

CHOEUR.

Allons, bon courage !
Amis, à l'ouvrage,
Et point de repos !
Dans la ville entière,
On se désaltère
Grâce à nos travaux !

SCENE II.

Les Mêmes, ROBINSON, *portant un gros sac d'argent.*

ROBINSON, *très-gaiment.*
Amis, que la besogne cesse,
Plus de travail pour aujourd'hui !

BOB *et* TOUS LES OUVRIERS, *avec étonnement.*
Plus de travail pour aujourd'hui !...

ROBINSON.
Autour de moi que l'on s'empresse,
Et que chacun m'écoute ici !

TOUS, *se rapprochant.*
Nous voici, maître, nous voici !...

ROBINSON, *montrant le sac d'argent.*
Voyez cette riche sacoche....
Eh bien, enfans, elle est pour vous !

TOUS, *très-étonnés.*
Elle est pour nous ?

ROBINSON.
Tendez la main, ouvrez la poche,
Je vais payer, préparez-vous !

TOUS.
Préparons-nous !

BOB.
Mais ce n'est pas le jour de paie.
Maître, vous ne nous devez rien.

ROBINSON.
Aujourd'hui, je veux qu'on s'égaye...
Montrant l'argent.
Et voilà le meilleur moyen !

TOUS, *se regardant.*
Ah ! vraiment ! je n'y comprends rien !

ROBINSON.
Vous n'y comprenez rien ?...
Ah ! si j'en crois mon cœur,
En ce jour doit encor s'accroître mon bonheur...

AIR :
Quand je suis heureux,
Quand je suis joyeux,
Dans ma brasserie,
Il faut que l'on rie !
Oui, je suis, ma foi,
Plus content qu'un roi !
Mes amis, fêtez ce jour avec moi !
Distribuant l'argent.
Tiens, prends, mon camarade...
A un autre.
A toi, bon travailleur.
A un autre.
Jean, ta mère est malade,
Et je connais ton cœur.
A un autre.
Voilà pour ton vieux père.

A d'autres.
A vous ! à vous ! à vous !
Enfans, si je prospère,
Je le dois à vous tous !
Quand je suis heureux, etc.

TOUS.
Oh ! l'excellent maître
Comment reconnaître...
Merci ! grand merci !

ROBINSON.
Ici point de maître !
Enfans, je veux être
Toujours votre ami !
Et maintenant, faites grande toilette,
Puis, en ces lieux revenez tous.

BOB.
Mais, patron, pourquoi cette fête ?

ROBINSON.
Vous le saurez ; mais hâtez-vous !
Quand je suis heureux, etc.

CHOEUR.

Puisqu'il est heureux,
Puisqu'il est joyeux,
Dans la brasserie
Il faut que l'on rie !
Il est, je le vois,
Plus content qu'un roi !...
Peut-être bientôt nous saurons pourquoi !
Ils sortent tous par le fond, à l'exception de Bob.

SCENE III.

ROBINSON, BOB.

BOB, *de la porte du fond aux ouvriers qui sortent.*
Vous l'entendez, le maître veut qu'on s'amuse, qu'on mette ses plus beaux habits. Je ne sais pas pourquoi ; mais c'est égal... (*Redescendant la scène.*) Oh ! je suis-t'y content ! mais je suis-t'y content !

ROBINSON.
C'est ça, Bob, je veux qu'on saute, qu'on chante ! Pas d'économie aujourd'hui : mettez ma brasserie au pillage !

BOB.
Soyez tranquille, maître ! je veux que, ce soir, la moitié des convives cherche l'autre moitié sous la table.

ROBINSON.
Il faut aussi faire honneur au repas : j'en ai commandé un digne d'être offert à Georges II, notre gracieux monarque.

BOB, *étonné.*
On mangera aussi ?... Alors, maître, il y a quelque chose là-dessous : vous avez fait un héritage, c'est sûr ; ou bien vous allez fournir de la bierre à nos braves soldats, qui sont en train de frotter le prince Édouard.

ROBINSON.
Est-ce que ça te regarde ? Bois, mange, et ne fais pas de questions.

BOB.
Suffit, maître : on mangera beaucoup et on boira encore davantage. C'est égal, ordinairement, on aime à savoir pourquoi l'on s'amuse.

ROBINSON.

Eh bien! sache donc que je vais... mais non, tu es bavard! tu jaserais, et je n'aurais plus le plaisir de la surprise. Cours chez Plumkett, tu sais, le gros taşernier du coin : tu lui diras que c'est toujours pour l'heure indiquée, qu'il n'oublie rien; tu feras dresser la table ici, ce sera plus commode.

BOB.

Nous serons donc beaucoup, maître?

ROBINSON, *ayant l'air de compter.*

Mes braves compagnons brasseurs... quelques voisins, les grands parens...en tout, juste soixante personnes.

BOB.

Alors il faudra... attendez donc... oui, il faudra soixante couverts.

ROBINSON.

Tu en mettras soixante-un, n'oublie pas, soixante-un. J'attends mon frère, cet excellent Georges,... c'est-à-dire je lui ai écrit. Voilà deux ans que je ne l'ai vu; j'ignore s'il pourra venir : un officier, ça n'a guère le temps, aujourd'hui surtout, qu'on se bat tous les jours. N'importe, s'il arrive, je lui dirai : Tiens, mon frère, voilà ta place que j'avais réservée à côté de moi!

BOB.

Vous l'aimez donc bien, votre frère?

ROBINSON.

Si je l'aime! mon frère jumeau!

BOB.

Le fait est que vous m'avez souvent parlé...

ROBINSON.

Allons, voyons, le temps presse, va t'occuper des ordres que je t'ai donnés.

BOB.

Oui, maître. Dites donc, moi aussi, je vous réserve une surprise : j'ai acheté hier un pourpoint chez la vieille Nash..... magnifique!..... vert pomme, couleur pistache.

ROBINSON.

C'est bon! c'est bon! laisse-moi.

BOB.

Oh! mais va-t-on s'amuser! va-t-on s'amuser!

Il sort en courant par le fond.

SCENE IV.

ROBINSON, *seul.*

Ce bavard de Bob... Mes bons ouvriers... sont-ils intrigués! je vous le demande!... mais ça n'approche pas encore de l'étonnement d'Effie... comme elle m'a regardé avec ses deux grands yeux, quand je lui ai annoncé ce matin que c'était fête aujourd'hui dans ma brasserie! «Fais-toi belle, Effie, oh! mais, là, superbe! S'il te manque quelque chose, va chez les plus riches marchands de la ville, rien ne sera trop cher! c'est moi, Daniel Robinson, qui paie.» Elle ne revenait pas de sa surprise; la pauvre fille n'a pas osé me questionner. *(Effie paraît sur l'escalier à gauche.)* Là voilà! quelle toilette! Dieu! est-elle gentille!

SCENE V.

ROBINSON, EFFIE, *en grande toilette.*

EFFIE.

Ah! vous voilà, monsieur Robinson! Suis-je bien comme ça?

ROBINSON.

Ébouriffante! Descends donc que je te regarde : on ne saurait être plus gentiment accoutrée! ma parole d'honneur! tu brilles comme un soleil! on dirait la boutique d'un orfèvre.

EFFIE.

Ah! dam! vous m'avez ordonné de mettre mes plus beaux effets.

ROBINSON.

C'est vrai; mais où as-tu pris tout cela? je ne te connaissais pas ce beau corsage, cette belle jupe.

EFFIE.

Où j'ai pris tout cela? mais c'est à votre générosité que je le dois. Est-ce que tous les dimanches je ne vous vois pas mettre en cachette trois ou quatre pièces d'or dans le tiroir de ma petite table, et puis vous sauver comme si vous aviez fait une méchante action?

ROBINSON.

C'est bon! c'est bon! ne parlons pas de ça!

EFFIE.

Au contraire! et il faut que ça finisse, parce qu'enfin je suis honteuse de tout ce que vous faites pour moi : c'est grâce à vous que j'ai de belles robes, que j'ai une petite somme rondelette, un joli logement dans votre brasserie; je ne mérite pas tant de bontés, monsieur Robinson, et il est temps...

ROBINSON, *l'interrompant.*

Voulez-vous bien vous taire! chut! qu'est-ce que ça veut dire! Ah! nous raisonnons!

EFFIE.

Car enfin...

ROBINSON.

Eh bien! encore! Veux-tu que je te dise : je ne fais pas encore assez pour toi, je suis un ingrat!

EFFIE.

Par exemple!

ROBINSON.

Oui, un ingrat! Quand je songe aux services que ton pauvre père m'a rendus lorsqu'il vivait...

EFFIE.

Il ne faisait que son devoir, monsieur Robinson; un ouvrier doit ses bras et son temps au maître qui le paie.

ROBINSON.

Oui, un ouvrier comme tous les autres ouvriers; mais ton père, c'était un ami, un véritable ami! Si, jeune encore, je possède aujourd'hui un peu de fortune, c'est à son activité, à son industrie, à ses conseils que je le dois : la concurrence menaçait de m'engloutir, eh bien par son adresse, il m'a sauvé, rétabli dans mes affaires, et, à mon tour, j'ai coulé les autres brasseurs. Ah çà! je ne devais donc pas me charger de sa fille, qu'il laissait, à vingt ans, seule au monde, sans fortune, sans avenir! une fille qui a soigné ma pauvre défunte avec un dévouement extraordinaire?

EFFIE.

Vraiment, monsieur Robinson, vous exagérez les choses; ce que j'ai fait...

ROBINSON.

Allons, en voilà assez là-dessus; nous tomberions dans le sentiment, et il ne s'agit pas de tout cela. Effie, viens à côté de moi, là, sur ce banc. (Ils s'asseyent tous deux.) As-tu deviné pourquoi tous ces préparatifs de fête?

EFFIE.

Non.

ROBINSON.

Je m'en vais te le dire. Sais-tu bien que j'aurai trente-cinq ans à Pâques prochain?

EFFIE.

Je le sais.

ROBINSON.

Ah! tu savais ça! ce que tu ne sais pas, c'est que je commence à m'ennuyer d'être veuf. Le soir, quand les travaux sont finis, que tout le monde se repose, je me promène dans ma chambre, comme ça, de long en large, de large en long, et ça ne m'amuse pas. Je me suis questionné, et je me suis répondu que M. Daniel Robinson, le brasseur, voudrait bien avoir une demi-douzaine de marmots qui seraient là à jouer autour de lui, qui le tireraient par sa veste, qui lui pinceraient les mollets jusqu'au sang, enfin des petites gentillesses.

EFFIE, avec contrainte.

Ah! vous songez à vous remarier!

ROBINSON.

Les marmots, il est aisé de se les procurer; mais une femme belle, douce et sage, c'est difficile à rencontrer!

EFFIE, baissant les yeux.

Vous croyez!

ROBINSON.

Et il faut conclure le marché rien que sur les apparences; si après on est vexé, c'est égal, tant pis! l'affaire est faite, arrange-toi! Cependant je crois avoir trouvé ce qu'il me faut, un peu loin d'ici, par exemple.

EFFIE, avec chagrin.

Ah! c'est loin d'ici!

ROBINSON.

Celle que j'ai choisie est bonne et douce, à ce qu'on dit.

EFFIE, avec dépit.

Tant mieux, monsieur Robinson! Cependant prenez garde; comme vous le dites vous-même, il est dangereux de conclure sur les apparences.

ROBINSON.

Oh! celle-là, on me la garantit! Du reste, j'ai pris des informations, et elle arrive aujourd'hui même.

EFFIE, se levant.

Aujourd'hui!

ROBINSON, se levant aussi.

Par le coche de Norwich; c'est la fille d'un de mes fournisseurs de houblon. Tiens, j'ai justement là la lettre d'avis du papa. (Lisant.) «Monsieur et » cher client, en réponse à l'honorée vôtre du » 16 courant, j'ai l'honneur de vous annoncer » que je vous expédie par le coche d'aujourd'hui » ma fille et cinquante sacs de houblon, premier » choix; j'espère que le tout vous arrivera sans » déchet et sans avarie; veuillez m'en accuser ré- » ception et passer écriture en bonne forme. Je » suis, en attendant un nouvel envoi...»Et cætera Tu l'entends, ma prétendue sera dans un instant ici; je veux la recevoir de mon mieux Effie, tu veilleras, n'est-ce pas, à ce que rien ne manque!

EFFIE, avec effort.

Oui, monsieur Robinson.

ROBINSON.

Ah çà! je te laisse; il y a encore quelques voisins que je vais inviter. Dis donc, ça te fait plaisir d'apprendre que je me marie?

EFFIE, pleurant presque.

Oh! certainement, monsieur Robinson!

ROBINSON.

Tant mieux! Au revoir! tu es une bonne fille, Effie. Je serai ici dans un instant. Adieu, Effie!

Il sort par le fond.

SCÈNE VI.

EFFIE, seule.

Grâce au ciel, me voilà seule, et je puis pleurer. Mon Dieu! moi qui, ce matin, me suis levée si joyeuse, si contente! qui aurait pu me dire... Lui faire bonne mine, à cette femme, oh! non, certainement! ce serait plus fort que moi, et j'aime mieux m'en aller, quitter pour toujours la brasserie. (Après un instant de réflexion.) Eh! le puis-je? comment justifier ce départ? Aux questions dont on m'accablerait, pourrais-je répondre : Je vous quitte, monsieur Robinson, parce que, moi, pauvre orpheline, j'avais rêvé qu'un jour... Et cependant je ne puis pas rester ici!

PREMIER COUPLET.

Monsieur Robinson
Est si bon garçon,
Si doux, si sincère!
Dans tout le canton,
Il est en renom
Pour son caractère;
Puis, il est si bien!
Quel air agréable!
Dans tout son maintien
Quelle grâce aimable!
Et ce trésor-là,
Que tant j'apprécie,
Pleurant.
Ah! ah! ah! ah! ah!
Une autre l'aura,
Le possédera!
Ah! ah! ah! ah! ah
Et la pauvre Effie,
Hélas! en mourra!

DEUXIÈME COUPLET.

Souvent je croyais,
Parfois je pensais
Que j'avais su plaire,
Et qu'il me prendrait,
Qu'il me choisirait
Pour sa ménagère ;
Je l'aurais chéri
Comme on ne peut l'être ;
Pour faire un mari
Le ciel l'a fait naître...
Mais, ce trésor-là,
Que tant j'apprécie,
    Sanglotant,
Ah ! ah ! ah ! ah ! ah !
Une autre l'aura,
Le possédera...
Ah ! ah ! ah ! ah ! ah !
Et la pauvre Effie,
Hélas ! en mourra !

SCÈNE VII.

EFFIE, BOB, *en habit de fête.*

BOB, *ouvrant la porte du fond et parlant à la cantonnade.*

Puisqu'on vous dit que c'est ici, dans la grande
cour qu'on mangera, qu'on boira, qu'on dansera.
(*Descendant la scène.*) Ces garçons taverniers...
c'est bête !

EFFIE, *s'essuyant les yeux.*

Bob, M. Robinson a bien recommandé que tout
le monde fût gai et joyeux ; c'est pourquoi je vous
prie...

BOB, *la regardant.*

Eh bien ! vous avez drôlement l'air de suivre la
consigne ; votre figure est tout je ne sais quoi...
vous avez pleuré, miss Effie ?

EFFIE.

Moi ! non !

BOB.

Qu'est-ce qui a osé vous faire du chagrin, à
vous, si gentille et si bonne ? dites-le-moi bien
vite ! je ne suis pas Anglais pour rien.

Il fait le geste de boxer.

EFFIE.

Merci ! merci ! mon garçon !... occupons-nous
plutôt de bien recevoir la future de M. Robinson.

BOB.

La future ! comment ! le maître songe à se remarier, et c'est pas avec vous !

EFFIE.

Aurais-je jamais pu prétendre...?

BOB.

Le bourgeois a tort, mamselle Effie, et je le lui
dirai, moi.

EFFIE.

Garde-t'en bien, il se fâcherait.

BOB.

Comment ! c'est pas vous, mamselle Effie, qui
serez notre nouvelle bourgeoise ? Eh ben ! tant
pis ! dans nos petites causeries, comme ça, entre
nous autres brasseurs, nous disions quelquefois :
Comment se fait-il que le patron ne songe pas à

se donner une compagne, mamselle Effie, par
exemple ?

EFFIE.

C'est qu'il ne m'aime pas.

On entend la ritournelle du morceau suivant.

BOB.

Ah ! voilà les invités !

SCÈNE VIII.

LES MÊMES, GARÇONS BRASSEURS, VOISINS et PARENS, puis ROBINSON et DES GARÇONS DE TAVERNE.

CHŒUR.

Pendant le commencement du morceau, les garçons taverniers apportent et disposent au milieu du théâtre de grandes tables toutes servies.

Quand un ami nous appelle,
Nous accourons, pleins de zèle,
Nous voilà !... nous voilà !...
    A la fête
    Qui s'apprête,
Nous saurons lui tenir tête !
Oui, l'on boira,
On dansera
Tant qu'il voudra !

ROBINSON, *entrant par le fond.*

Salut, joyeuse compagnie.
Enfin nous voilà réunis !
Il faut bien, quand on se marie,
En faire part à ses amis.

TOUS.

Eh ! quoi vraiment, il se marie !

EFFIE, *à part, avec douleur.*

Ah ! tous mes beaux jours sont faits !

TOUS.

Mais la future, où donc est-elle ?

ROBINSON.

Long-temps vous ne l'attendrez pas ;
Ma fiancée, aimable et belle,
Fera les honneurs du repas.

EFFIE, *à part.*

Ah ! comment leur cacher, hélas !
Ma douleur et mon embarras ?...

ROBINSON, *gaîment.*

Un festin délectable
Nous attend,
Il faut nous mettre à table
A l'instant !

TOUS, *se plaçant à table.*

Un festin délectable, etc.

TOUS.

Mais la future, où donc est-elle ?...

ROBINSON.

Mon Dieu ! mon Dieu, qu'ils sont impatiens !
Regardez-donc, mes braves gens,
D'ici, moi, je la vois... c'est elle !...
Vous ne devinez pas ?...
A mes yeux aucune autre belle
Ne peut l'éclipser en appas...
Vous allez la connaître... amis... oui, voilà celle
Qui doit présider ce repas...

Il saisit la main d'Effie, qui est allée tristement s'asseoir à l'écart, au bout de la table.

TOUS.

Effie !

ROBISSON, *la serrant dans ses bras,*

Oui, c'est toi, mon Effie,
C'est toi, que j'ai choisie
Pour embellir ma vie...
Le veux-tu, dis-le-moi?...

EFFIE.

Quoi! c'est la pauvre Effie,
C'est moi qu'il a choisie,
Pour embellir sa vie,
Ah! j'en mourrai, je crois!

TOUS.

Quoi! vraiment, c'est Effie
Que son cœur a choisie,
Pour embellir sa vie!
Ah! quel est son émoi!

EFFIE, *revenant à elle, dans le plus grand trouble.*

Mais non, mais non... ah! l'on m'abuse!...

ROBINSON.

Reviens à toi!...

EFFIE.

Cet autre hymen...?

ROBINSON.

Pardon, pardon; mais c'était une ruse...
Et j'ai vu mon bonheur en voyant ton chagrin.

Allant se placer au milieu de la table avec Effie.

Maintenant, à plein verre
Faites couler la bierre!

CHOEUR.

Maintenant à plein verre
Faisons couler la bierre!

ROBINSON.

Et, pour vous mettre en belle humeur,
Ecoutez le chant du brasseur.

CHOEUR.

Ecoutons le chant du brasseur!

ROBINSON.

PREMIER COUPLET.

Gentil brasseur
De mon cœur,
Veux-tu pour ta vie
Du bonheur?
Que la paresse ennemie
Soit bannie;
Et, du soir au matin,
Répète ce refrain:
Brasse, brasse, brasse!
Que rien ne te lasse,
Brasse, brasse, brasse,
Gentil brasseur,
Et la ville entière
Bientôt sera fière
De ta bonne bierre
Et de ton ardeur.

CHOEUR.

Brasse, brasse, brasse,
Que rien ne te lasse,
Brasse, brasse, brasse,
Gentil brasseur,
Et la ville entière
Bientôt sera fière
De ta bonne bierre
Et de ton ardeur!

DEUXIÈME COUPLET.

Si, par amour,
Un beau jour,
Tu prends une femme
Faite au tour,
Pour toujours captiver l'ame

De madame,
Epoux tendre et galant,
Ne sois pas faineant;
Brasse, brasse, brasse!
Que rien ne te lasse,
Brasse, brasse, brasse,
Gentil brasseur,
Et ta ménagère
Toujours sera fière
De ta bonne bierre
Et de ton ardeur!

CHOEUR.

Brasse, brasse, brasse,
Que rien ne te lasse, etc.

Tout le monde se lève.

ROBINSON.

Maintenant il faut qu'on s'amuse.
Allez, sans vous faire prier,
Aux doux sons de la cornemuse,
Danser tous dans mon grand cellier!
Puis, je vous invite:
Chez notre pasteur
Nous irons ensuite
Signer mon bonheur!
Mais, en attendant,
Enfans, en avant!...
Maintenant, je veux qu'on s'amuse, etc.

TOUS.

Mes amis, il faut qu'on s'amuse,
Partons sans nous faire prier,
Aux doux sons de la cornemuse,
Allons danser au grand cellier.

Ils sortent tous par la gauche, en criant:

Vive Robinson!... vive Effie!...

SCÈNE IX.

EFFIE, ROBINSON.

EFFIE, *avec joie.*

Vraiment, monsieur Robinson, nous allons nous marier?... j'ai besoin que vous m'assuriez encore que tout cela n'est pas un jeu, une illusion.

ROBINSON.

Oui, ma bonne Effie; je te répète que tu vas être ma femme.

EFFIE.

Votre femme! vrai? je crois rêver!

ROBINSON.

Dans une heure, nos deux noms seront couchés sur le grand livre de la paroisse, et jamais je n'aurai signé avec plus de plaisir.

EFFIE.

Et moi donc! mais soyez tranquille, vous ne regretterez jamais d'avoir fait le sacrifice d'épouser une pauvre fille comme moi.

ROBINSON.

J'en suis sûr.

EFFIE.

Je vous rendrai heureux.

ROBINSON.

Tu as ce qu'il faut pour ça.

EFFIE.

Et je vous aimerai toujours.

ROBINSON.

J'en prends note... mais allons-nous être heureux!... rien ne manquerait à ma félicité si mon bon frère, Georges Robinson, le lieutenant, était là, avec nous, pour ne plus nous quitter, partageant notre gaîté, nous aidant à supporter nos petites peines, faisant danser sur ses genoux ses neveux, ses nièces, car il aura des neveux et des nièces... énormément.

EFFIE.

Vous m'en avez dit tant de bien que je regrette de ne pas le connaître. Écrivez-lui une bonne fois pour toutes de donner sa démission, afin de rester ici toujours avec nous.

ROBINSON.

Oh! oui, toujours avec nous! (*Hésitant.*) Cependant, c'est drôle, mais il me semble qu'à présent...

EFFIE.

Quoi donc?

ROBINSON.

Rien... une idée qui me passe par la tête comme ça...

EFFIE.

Je vais être votre femme, et j'ai le droit de savoir...

ROBINSON.

Je me rappelais certaines petites aventures... Vois-tu, c'est très-mal, ce que je vais te dire... eh bien! maintenant que je vais me marier, je crois que j'aimerais tout autant que mon frère restât au service.

EFFIE.

Pourquoi ça?

ROBINSON.

Parce que je me souviens de toutes les catastrophes que j'ai éprouvées à cause de notre ressemblance extraordinaire.

EFFIE.

Quoi! c'est parce que l'on vous a toujours pris l'un pour l'autre que vous avez à vous plaindre?...

ROBINSON.

Je suis né la victime de mon physique. Enfant, j'étais d'un caractère sage et tranquille, d'une timidité extrême, et je n'ai pas changé; c'est plus fort que moi, je n'aime pas le danger... mon frère était taquin, turbulent, tapageur; il allait sans cesse dans le voisinage faire enrager tout le monde; il coupait la queue au chien de celui-ci, il coupait l'oreille au chat de celui-là : les voisins accouraient chez ma mère; j'avais beau protester de mon innocence; ils soutenaient que c'était bien moi qu'ils avaient vu commettre la méchanceté... et ma mère m'en donnait, m'en donnait... une bénédiction!

EFFIE, *riant.*

Pauvre garçon!

ROBINSON.

Dans un âge plus avancé, quand j'avais le malheur de lui confier que j'avais fait les yeux doux à une demoiselle, de quoi s'avisait-il, le scélérat? il trouvait moyen de me faire manquer l'heure du rendez-vous, et, profitant de notre ressemblance, il avait l'effronterie d'y aller à ma place.

EFFIE, *riant.*

Ah! ah! ah! c'est très-original!

ROBINSON.

Je te remercie, toi, encore!

EFFIE.

Mais je ne vois pas que tout ça doive vous contrarier, quant à notre mariage.

ROBINSON.

Oui, tu ne vois pas ça, toi... mon frère n'a jamais cessé d'être brave, sensible et généreux, mais il est toujours léger, entreprenant, je dirai même assez mauvais sujet: je crains qu'une fois ici, cet extrême rapport physique qu'il y a entre moi et mon frère jumeau... l'habitude de s'amuser à mes dépens...

EFFIE, *vivement.*

Fi! fi! monsieur Robinson, c'est affreux d'avoir de pareilles idées. Croyez-vous que mon cœur puisse jamais se méprendre?

ROBINSON.

Ton cœur, ton cœur serait la dupe de ton illusion! Je te répète que c'est la même taille, la même voix, la même figure... c'est effrayant!

EFFIE.

Vrai! vous commencez à me faire peur!

DUO.

ROBINSON.

Il faut pourtant ici trouver quelque manière
D'éviter, mon Effie, un semblable danger :
Tout doit être en commun lorsqu'on aime son frère;
Mais il est un bonheur qu'on ne peut partager;
   Cherchons ensemble, chère Effie;
   Trouves-tu?

EFFIE.

    Je ne trouve rien!

ROBINSON.

J'y suis!... vraiment, j'ai du génie!
Je tiens un excellent moyen!

EFFIE, *riant.*

Voyons, voyons ce beau moyen!

ROBINSON.

   Écoute bien!

EFFIE.

   J'écoute bien.

ROBINSON.

Pour éviter une méprise
   Triste, ma foi,
Quand je volerai, l'âme éprise,
   Auprès de toi,
Je chanterai, ma douce amie,
   Bien tendrement,
Cette irlandaise mélodie
   Qui me plaît tant.
Je vais te la chanter... retiens-la, mon enfant.

PREMIER COUPLET.

« Montagnarde jolie,
« Voilà ton fiancé!
« Réponds, je t'en supplie,
« A mon cœur empressé.
« Pour que ma chasse soit heureuse,
« Ah! ne va pas me refuser,
« Il me faut, ô mon amoureuse,
« Un doux baiser! »

ENSEMBLE.

EFFIE, *riant.*

Ah! quel trait de génie!
C'est charmant! c'est charmant!
La ruse est bien ourdie,
Très-bien trouvé, vraiment!

ROBINSON.
Vraiment, j'ai du génie,
C'est charmant! c'est charmant!
La ruse est bien ourdie,
Fort bien trouvé vraiment!

ROBINSON.
A l'épreuve à présent.

EFFIE.
Commençons maintenant.

ROBINSON.
Tu m'attends, il fait sombre!...
J'arrive auprès de toi...
Je me glisse dans l'ombre...

EFFIE, à part.
Ah! je sens, malgré moi,
Mon cœur battre d'émoi!

ROBINSON, à part.
Voyons, m'a-t-elle su comprendre?

EFFIE, riant, à part.
Je comprends fort bien, entre nous;
Mais vengeons-nous de ses soupçons jaloux!

ROBINSON, s'approchant, à part.
Va-t-elle ici se laisser prendre?

EFFIE, à part, riant.
Pour le punir laissons-nous prendre!

Robinson l'embrasse sans qu'elle le repousse.

ROBINSON, se fâchant,
C'est une indignité!...
Très-bien, très-bien, Effie;
Ah! quelle perfidie!
De ma leçon vous avez profité!

EFFIE, jouant l'étonnement.
Pourquoi donc ce courroux?...

ROBINSON, avec dépit.
Mais je n'ai pas chanté!

EFFIE, d'un air naïf.
Pardon, pardon, c'est une erreur, en vérité!

ENSEMBLE.

ROBINSON, à part.
Ah! pour mon amour quel malheur!
Quelle triste aventure!
Malgré mes leçons et son cœur,
Je redoute encore une erreur.

EFFIE, riant, à part.
Je ris vraiment de sa frayeur,
Me tromper de figure!
La sienne est présente à mon cœur,
Peut-il donc redouter une erreur?

ROBINSON.
Recommençons!

EFFIE.
Vraiment,
Je comprends à présent!

DERNIER COUPLET.
« Montagnarde jolie,
» Me voilà de retour.
» Ma carnassière emplie,
» Et mon cœur plein d'amour!
» Puisque ma chasse fut heureuse,
« Ah! ne va pas me refuser.
» Il me faut, ô mon amoureuse,
» Un doux baiser! »

Robinson s'approche pour embrasser Effie; elle le repousse rudement, et s'enfuit.

ROBINSON, se fâchant.
C'est une indignité!
Ah! quelle perfidie!
Très-bien, très-bien, Effie;
De ma leçon vous avez profité!

EFFIE, jouant l'étonnement.
Pourquoi donc ce courroux?

ROBINSON, se dépitant.
Mais puisque j'ai chanté!

EFFIE, d'un air naïf.
Pardon, pardon, c'est une erreur en vérité!

ENSEMBLE.

ROBINSON, avec dépit.
Ah! pour mon amour quel malheur!
Quelle triste aventure!
Malgré mes leçons et ton cœur,
Tu feras toujours quelque erreur.

EFFIE, riant.
Rassurez-vous, car cette erreur
Est feinte, je le jure!
D'après vos leçons et mon cœur,
Ne craignez jamais de malheur.

ROBINSON, vivement,
Vraiment, tu me comprenais bien?

EFFIE, riant.
Oui, j'en conviens.

ROBINSON, rassuré.
Je te le disais bien!

ENSEMBLE.

J'ai vraiment du génie,
Mon moyen est charmant,
La ruse est bien ourdie;
Très-bien trouvé vraiment!

EFFIE, riant.
C'est un trait de génie,
Ce moyen est charmant,
La ruse est bien ourdie;
Très-bien trouvé vraiment!

ROBINSON.
Ah! Effie! Effie! c'est mal de m'effrayer ainsi!

EFFIE.
C'est votre faute aussi, monsieur Robinson; vous allez vous mettre des choses en tête... parlons plutôt du bonheur qui nous attend.

ROBINSON.
Tu as raison, il vaut mieux s'occuper de nos petits projets d'avenir. A propos de projets, j'en ai un: nous ne resterons pas ici pendant la lune de miel! Nous irons passer le premier quartier chez mon oncle, le second quartier chez ma tante, et la pleine lune chez ma cousine... ça te convient-il?

EFFIE.
Adopté!

ROBINSON.
Maintenant, deux ou trois rigaudons; ensuite chez le pasteur pour notre mariage. Viens, Effie! (*Au moment où il va l'entraîner, on frappe violemment à la porte du fond.*) Tiens! qu'est-ce que c'est que ça?

EFFIE.
Quelque invité en retard!

ROBINSON.
C'est possible!

EFFIE, ouvrant la porte.
Entrez!

ROBINSON.
Eh! c'est le sergent Toby! l'inséparable de mon frère.

SCENE X.

ROBINSON, EFFIE, TOBY.

TOBY, *à Robinson d'un air agité.*

Dieu vous garde, monsieur Robinson! Votre frère, mon lieutenant, est-il ici?

ROBINSON.

Non!

TOBY.

Comment! il n'y est pas?

ROBINSON.

Mais cela ne fait rien, soyez le bien venu, monsieur Toby; dites donc, je me marie, mon vieux sergent, et je pense que le bruit des cornemuses et des pots de bierre ne vous effraiera pas.

EFFIE, *faisant une grande révérence.*

Sergent, la mariée vous invite.

TOBY.

Par saint Georges! il s'agit bien de cornemuses et de pots de bierre en ce moment!

EFFIE.

Mais vous m'effrayez, sergent!

ROBINSON.

Oui, au fait, pourquoi cette colère, sergent?

TOBY.

Pourquoi? parce que, si demain à midi votre frère n'a pas reparu au camp...

ROBINSON.

Eh bien?

TOBY.

Il sera condamné comme déserteur, et, si jamais on le rattrape, son affaire sera bâclée!

Il fait le geste de fusiller.

ROBINSON.

Comment? que dites-vous là?

EFFIE.

Mais il avait sans doute une permission?

TOBY.

Celle qu'il avait est expirée depuis trois jours: notre régiment est à trente milles d'ici, nous sommes en face d'un gros détachement du prince Édouard, le fils du prétendant. D'un moment à l'autre on va causer à coups de mousquet, et mon lieutenant ne sera pas de la conversation!

ROBINSON.

Ah! mon Dieu! que venez-vous de m'apprendre!

TOBY.

Moi, j'espérais le trouver ici, et j'accourais le prévenir.

EFFIE.

Non, il n'y est pas venu.

ROBINSON.

Mais, sergent, vous vous alarmez peut-être à tort, les chefs...

TOBY.

Les chefs ont usé d'indulgence; et si le lieutenant n'était pas aussi aimé, il y a trois jours que sa sentence serait prononcée.

ROBINSON, *tombant sur un banc.*

Mon pauvre frère! fusillé!...

TOBY.

Je sais bien qu'une douzaine de balles dans l'estomac, c'est une mauvaise ration, difficile à digérer; mais ce n'est rien encore que ça! Mon lieutenant sera dégradé, déshonoré!

ROBINSON.

Déshonoré!

TOBY, *à lui-même.*

Brave lieutenant! sois tranquille, va! si tu meurs, le sergent Toby manquera bientôt aussi à l'appel; il chargera ces enragés d'Écossais de lui délivrer sa feuille de route pour le grand voyage!

ROBINSON, *prenant la main de Toby.*

Merci, sergent, merci pour mon frère, de l'attachement que vous lui portez.

TOBY.

Mille tonnerres! c'est bien naturel! mon lieutenant! Savez-vous bien qu'il m'a sauvé plus de coups de verges que je n'ai déchiré de cartouches; au dernier combat! savez-vous qu'il s'est jeté entre un grand montagnard et moi? qu'il a reçu dans le bras le coup de feu qui allait me casser la tête? Que maintenant sa vie, c'est la mienne! son honneur, c'est le mien!

ROBINSON.

Mais est-ce qu'il n'y a rien à faire? voyons!

EFFIE.

Oui, sergent, dites-nous un peu...

TOBY.

Oh! mon Dieu! rien! Je vais retourner au camp; vous autres, mariez-vous!

ROBINSON.

Nous marier! dans un pareil moment!

EFFIE.

Nous n'avons plus le cœur à la joie!

TOBY.

L'heure s'avance, il faut que je parte; adieu, monsieur Robinson.

ROBINSON.

Mais un instant, sergent, attendez donc un peu, il faut chercher encore. Ah!... je me souviens que, l'année dernière, mon frère était amoureux comme un fou d'une jolie miss de Carlisle, la sœur d'un marin, je crois.

TOBY, *impatienté.*

Eh! qu'importe tout cela?

ROBINSON.

Comment! qu'importe! mais il est, j'en suis sûr, chez la belle miss, s'oubliant à filer le parfait amour: Carlisle n'est qu'à vingt milles d'ici, il faut y courir.

EFFIE.

Oui, oui, partons, monsieur Robinson... je ne vous quitte pas, d'abord.

TOBY.

Dam! après tout, si ça ne fait pas de bien, ça ne peut pas faire de mal.

ROBINSON.

En route!... quelque chose me dit que nous allons retrouver mon étourdi de frère; avec ma cariole nous serons bientôt arrivés. (*A la cantonade.*) Bob, attèle la grande noire. (*A Effie.*) C'est gentil à toi de m'accompagner, Effie; au retour, nous ferons la noce. (*A la cantonade.*) Allons donc, Bob, dépêche-toi!... Ah! j'oubliais, mon manteau et de l'argent.

EFFIE.

Et moi, ma mante!

Elle monte le petit escalier à gauche, et disparaît.

ROBINSON, *à Toby.*

Me voilà, sergent, me voilà... c'est à en perdre la tête!

Il sort par la gauche.

TOBY, *à la cantonade.*

Hâtez-vous, je prendrai les devans à cheval.

SCÈNE XI.

TOBY, BRASSEURS, AMIS, INVITÉS; *puis* ROBINSON *et* EFFIE *revenant; ensuite* BOB.

FINAL.

CHŒUR.

Pour aller à la chapelle,
Nous venons vous chercher tous;
Chacun de nous, plein de zèle,
Brûle de vous voir époux!

TOBY, *avec humeur.*

Il s'agit bien de mariage!

TOUS.

Que dites-vous?

ROBINSON *et* EFFIE, *revenant avec des manteaux.*

Nous allons nous mettre en voyage!

TOUS.

Expliquez-vous!

ENSEMBLE.

EFFIE, *à des invités.*

Une importante affaire
Nous force à vous quitter...
C'est encore un mystère;
Nous devons nous hâter!..,

TOBY, *à d'autres.*

Une importante affaire
Les force à vous quitter;

C'est encore un mystère...
Mais il faut se hâter!

TOUS.

Quel est donc ce mystère?
Pourquoi tant se hâter?
Quelle importante affaire
Les force à nous quitter!

BOB, *accourant par le fond.*

Maître, la carriole est prête!

TOBY.

Allons, que rien ne nous arrête!...

ROBINSON, *à part.*

Hélas! hélas! il faut partir.

EFFIE, *à part.*

Quand j'esp'rais doux avenir!

ENSEMBLE.

ROBINSON.

Que l'espoir qui m'enflamme
Donne à mon cœur un peu de fermeté;
Car il faut, sur mon ame,
Qu'un grand malheur par moi soit arrêté!

EFFIE *et* TOBY.

Que l'espoir qui l'enflamme
Donne à son cœur un peu de fermeté;
Car il faut, sur mon ame,
Qu'un grand malheur par lui soit arrêté!

TOUS.

Quel malheur pour sa flamme,
Et que son cœur doit en être attristé!
Quand il va prendre femme,
Voir tout-à-coup son hymen arrêté!
Mais au moins puisqu'il faut partir
Tâcher de bientôt revenir;
A votre retour, quel plaisir
Alors, vous pourrez vous unir!

ROBINSON.

Mes compagnons, je vous confie
Mes intérêts, ma brasserie,
Soignez-les bien... adieu...
Mes amis, pour nous priez Dieu!

TOUS.

Sur nous comptez pendant votre voyage,
Partez! partez! et prenez bon courage.

Toby sort. La porte du fond s'ouvre; on aperçoit une carriole en dehors: Robinson et Effie y montent précipitamment; la carriole disparaît. Le rideau baisse.

ACTE DEUXIÈME.

Le théâtre représente une cantine ouverte sur la campagne. Au fond la vue d'un camp. Portes latérales, tables, bancs chaises.

SCÈNE PREMIÈRE.

Au lever du rideau, des SOLDATS sont en scène, attablés; leurs armes sont en faisceaux; une fanfare se fait entendre; ils se lèvent vivement et saisissent leurs armes.

CHŒUR.

Voici l'heure de la revue,
Compagnons, voilà le signal!
Méritons, par notre tenue,
Les éloges du général.
Allons, point d'alarmes,
Préparons nos armes!
Pour un vrai soldat

Quel jour plein de charmes
Qu'un jour de combat!

SCÈNE II.

LE MÊMES, TOBY, *entrant d'un air triste et abattu.*

TOUS, *entourant Toby.*

Eh! mais vraiment! eh! mais vraiment!
C'est Toby, le brave sergent!
Allons, réponds-nous à l'instant,
Ramènes-tu le lieutenant?

TOBY, *tristement.*

Du lieutenant pas de nouvelle!
Ah! vous me voyez confondu!
Malgré ma prière et mon zèle,
Quand midi sonnera, s'il n'a pas reparu,
Ils vont le condamner .. hélas! il est perdu!

TOUS, *tristement.*

Ils vont le condamner... Hélas! il est perdu!

La fanfare se fait entendre de nouveau.

Mais c'est l'heure de la revue,
Compagnons, voici le signal;
Méritons par notre tenue
Les éloges du général.
Allons, point d'alarmes,
Préparons nos armes,
Pour de vrais soldats
Quel jour plein de charmes
Qu'un jour de combats!

Ils sortent tous par le fond, à l'exception de Toby.

SCÈNE III.

TOBY, *seul, regardant les soldats s'éloigner.*

Malédiction! j'envie leur sort à ceux-là! pas d'inquiétudes, de soucis! Avant la fin de la journée on se battra avec les montagnards; eh bien! une balle dans la poitrine ou dans la tête, et tout est dit! tandis que moi, j'aurai assez de malheur pour revenir au grand complet: le mousquet au bras, je serai obligé d'entendre le prevôt lire à haute voix la sentence qui condamne mon lieutenant! mon brave lieutenant! Où peut-il être? Son frère m'avait rendu un peu d'espoir; nous pensions le trouver à Carlisle, mais toutes nos recherches ont été vaines; c'est fini!

ROBINSON, *dans la coulisse.*

Ah! ah! là!...descends, Effie... tout doucement, tout doucement!... prends bien garde; là, c'est ça.

TOBY.

Voilà le brasseur qui arrive; il tombe bien! il a voulu me suivre au camp, pour solliciter près du général un nouveau délai: ce pauvre garçon! Comment lui dire?... il faut bien qu'il l'apprenne cependant.

SCÈNE IV.

TOBY, ROBINSON, EFFIE, *donnant le bras à Robinson.*

ROBINSON, *entrant et sans voir Toby.*

Je te dis que ça doit être ici. (*Apercevant Toby.*) Tiens, justement, le voilà le sergent! Bonjour, Toby; dites donc, nous sommes un peu en retard?... c'est la faute de mon cheval.

TOBY.

Oh! mon Dieu! une heure plus tôt, une heure plus tard.

ROBINSON.

Vrai!... tant mieux!... c'est égal, je n'ai jamais vu de bête plus entêtée; j'avais beau lui dire avec mon fouet: «Mais, va donc, va donc! il s'agit de sauver mon frère, mon bon Georges; va donc! tu es de la famille aussi;» rien du tout! il allait au petit trot... comme s'il nous était tout-à-fait étranger.

EFFIE.

Enfin, nous sommes arrivés!...monsieur Toby, il faut voir le général.

ROBINSON.

Tout de suite!

TOBY.

C'est inutile, vous ne pourriez lui parler en ce moment; il passe la revue là-bas.

ROBINSON.

C'est donc ça que nous n'avons pas rencontré un seul visage humain par ici; je disais à Effie: «Que c'est drôle! personne dans le camp pour nous conduire auprès du sergent Toby; je n'y conçois rien.» Mais l'essentiel... c'est que nous voilà; nous attendrons ici la fin de la revue, et nous irons tous trois chez le général .. n'est-ce pas, sergent Toby?

TOBY, *avec colère.*

Par la mordieu! vous ne voyez donc pas à ma figure qu'il ne faut plus avoir la moindre espérance?

ROBINSON *et* EFFIE.

Comment?

TOBY.

L'aide de camp de service, prévenu par moi, a parlé aux chefs de votre prochaine arrivée.

ROBINSON.

Eh bien?

TOBY.

Eh bien! l'ordre a été donné de ne pas vous introduire dans la tente du général, et cette consigne-là, pas moyen de l'enfreindre!

ROBINSON, *abattu.*

Oh! mon Dieu! moi, qui comptais obtenir quelques jours de grâce.

TOBY.

Le général est inflexible, et ce qui ajoute à sa rigueur, c'est que plusieurs officiers ont déjà passé à l'ennemi... on accuse votre frère d'en avoir fait autant! Tonnerre! si ceux qui m'ont dit ça avaient été mes égaux, ou mes inférieurs, avec la pointe de mon épée, je leur aurais cloué ces paroles-là au fond de la gorge; mais avec des chefs, silence et immobile!

EFFIE.

Ainsi notre voyage est devenu inutile?

TOBY.

Tout-à-fait!

ROBINSON, *s'animant.*

Eh bien! tenez, sergent, moi, je ne désespère pas encore: que diable! ça ne peut pas être; il me semble que le général ne peut pas refuser de m'entendre; je le verrai, moi, malgré lui, malgré la consigne.... Je n'ai pas de courage, c'est vrai, c'est connu; je m'éloigne à l'aspect d'une dispute ou d'une querelle; la pensée de vider un différend les armes à la main me fait frissonner des pieds à la tête, aussi ça ne m'est jamais arrivé, et ça ne m'arrivera jamais! mais, aujourd'hui, c'est autre chose il s'agit de sauver mon frère; je ne connais plus rien, je braverai les ordres de vos supérieurs; je sens là que je ne tremblerai pas devant eux; leurs regards sévères ne m'intimideront pas: on me battra, peut-être; on me chassera, c'est possible; mais j'aurai fait mon devoir.

EFFIE.

Bien! bien, monsieur Robinson! Oh! que j'aime à vous entendre parler ainsi!

ROBINSON.

Je reste, et après la revue, nous verrons!

TOBY.

Allons! un dernier coup de collier! on ne sait pas ce qui peut arriver! attendons la fin de la revue.

ROBINSON.

Oui, oui, attendons! mais d'ici là, je ne serais pas fâché d'avoir pour Effie une chambre dans cette cantine; il ne faut pas qu'elle reste là, au milieu des soldats.

TOBY, *désignant la gauche.*

C'est facile; tenez, voilà deux petites pièces qu'occupait le lieutenant.

ROBINSON, *avec émotion.*

Comment? c'est là qu'habitait mon pauvre frère? (*Il court ouvrir une petite porte à gauche.*) Oui! voilà bien son uniforme, ses armes, l'épée que je lui ai donnée le jour de sa fête... Pauvre frère! tu ne la porteras peut-être plus!

EFFIE, *à Robinson.*

Allons... il ne faut pas se désoler d'avance, mon Dieu! avant que midi ne sonne, le lieutenant sera peut-être de retour.

ROBINSON.

Dieu t'entende, mon enfant! Dites donc, sergent Toby, je suis à vous, je vais l'installer... nous allons courir voir les chefs, attendez-moi.

TOBY.

C'est convenu, je guetterai le bon moment.

ROBINSON.

Viens, Effie, viens!

Ils entrent tous deux dans la chambre à gauche.

SCENE V.

TOBY, *un instant seul, puis* JENKINS.

TOBY.

Elle a encore un peu d'espoir, elle, oui; mais moi, dire que nous n'avons plus qu'une heure! rien qu'une petite heure! (*Avec colère.*) Ah! s'il ne s'agissait, pour arranger l'affaire, que de me battre, là, tout seul, contre un régiment!... ah! bien, oui! mais on ne me demandera pas ça! Allons, Toby, en observation, demi-tour, marche!

Il va pour sortir, et rencontre au fond Jenkins.

JENKINS, *arrêtant Toby.*

Un mot, sergent?

TOBY, *voulant sortir.*

Pas possible!

JENKINS, *l'arrêtant de nouveau.*

Écoute-moi! il le faut!

TOBY.

Pardon! je suis pressé, une affaire importante...

JENKINS.

Je n'ai qu'un mot à te dire, un renseignement à te demander... (*Tirant un portrait de sa poche, et le montrant à Toby.*) Connais-tu l'original de ce portrait?

TOBY, *regardant le médaillon.*

Mon lieutenant!

JENKINS, *vivement.*

Ton lieutenant, dis-tu? et il se nomme?

TOBY.

Parbleu! Georges Robinson.

JENKINS.

Georges Robinson... (*A part.*) Enfin je l'ai trouvé!

TOBY.

Ah! mon Dieu! en auriez-vous des nouvelles? où est-il? que fait-il? va-t-il revenir?

JENKINS, *étonné.*

Comment! il n'est pas ici, au camp?

TOBY.

Eh! mordieu! non!

JENKINS.

J'espérais l'y trouver... cependant il fait partie de ce corps d'armée?

TOBY.

Sans doute.

JENKINS.

Alors, pourquoi?...

TOBY.

Pourquoi, pourquoi?... parce qu'il a disparu; qu'on ne sait où il est; que dans une heure, s'il n'est pas de retour, il sera condamné comme déserteur.

JENKINS.

Condamné! (*A part.*) Oh! ce n'est pas cette mort-là que je lui désirais! (*Haut.*) Ainsi le lieutenant Georges Robinson n'est pas au camp? malédiction!

TOBY.

Cela vous afflige? je le vois bien.

JENKINS.

Oui! et je donnerais beaucoup pour retrouver le lieutenant Georges Robinson. (*A part.*) Ma pauvre sœur! n'est-ce donc pas moi qui te vengerai?... mais il peut revenir d'un moment à l'autre, ne nous éloignons pas encore.

Il sort par le fond, et examine alternativement, en s'en allant, les officiers qui entrent.

SCENE VI.

LES MÊMES, OFFICIERS *et* SOLDATS.

CHOEUR.

La revue est terminée,
Nous défions l'ennemi,
Il ne faut qu'une journée
Pour qu'il soit anéanti!
Malheur à lui!

SCENE VII.

LES MÊMES, ROBINSON, puis LOVEL.

ROBINSON, *sortant de la chambre à gauche.*

Allons, allons, sans plus attendre,
Je me rends chez le général :
Il doit m'accueillir et m'entendre,
Ou bien, c'est un cœur de métal.

LOVEL, *entrant par le fond et s'arrêtant tout-à-coup en apercevant Robinson.*

Mais, que vois-je ! surprise extrême !
Voilà, voilà le lieutenant.

TOUS, *regardant Robinson.*

Le lieutenant !
Oui, c'est lui-même !
Enfin, voilà le lieutenant.

LOVEL, *saisissant le bras de Robinson très-étonné.*

Ah ! lieutenant, quelle imprudence !
Si vous aviez encor tardé d'un seul instant,
On prononçait votre sentence.
L'examinant.
Mais, pourquoi ce déguisement ?

TOUS.

Mais pourquoi ce déguisement ?

ROBINSON, *à part.*

Ah ! je comprends vraiment ;
C'est encor cette ressemblance.
Messieurs, je ne suis pas...

TOBY, *se plaçant devant lui et l'arrêtant vivement, à demi-voix.*

Silence !
Pour conjurer un grand malheur,
Mettons à profit leur erreur !...

ROBINSON, *regardant Toby d'un air étonné.*

Mettons à profit leur erreur !

Toby lui parle bas.

Oui, c'est cela, j'approuve tout d'avance.
A part, avec sentiment.
Frère, par notre ressemblance,
Tu m'as tourmenté bien souvent ;
Mais elle peut sauver ton existence,
Et je la bénis maintenant.

LOVEL.

Mais sans tarder davantage,
Moi, je vais au conseil annoncer ce retour.
Prenant la main de Robinson.
Nous estimons votre courage,
Et pour nous tous ce jour est un beau jour !

LES SOLDATS.

Oui, pour nous tous, ce jour est un beau jour !

ROBINSON, *saluant avec embarras.*

Je suis sensible à cet hommage,
Et croyez bien...

TOBY, *l'arrêtant.*

Allons, mon lieutenant,
Quittez ce vilain vêtement ;
Il faut remettre promptement
L'uniforme du régiment.

Lovel sort par le fond.

ROBINSON, *à part.*

Porter l'uniforme, vraiment,
Voilà, voilà l'embarrassant !

TOBY, *à Robinson à demi-voix.*

Pensez à votre frère :
C'est un devoir sacré !
Un brave militaire
Serait déshonoré !

De la prudence et du mystère,
Changez d'habit, ne craignez rien,
Comptez sur moi, laissez-moi faire,
Et, j'en réponds, tout ira bien !
De la prudence !
De l'assurance !
Ayons bon espoir.
Au revoir !...

ROBINSON, *bas.*

De la prudence
De l'assurance !
Ayons bon espoir.
Au revoir !...

Toby reconduit Robinson jusqu'à la porte de la chambre à gauche en lui donnant encore des instructions à demi-voix ; puis il revient en scène au milieu des soldats.

SCENE VIII.

TOBY, SOLDATS, VIVANDIÈRES.

TOBY.

Amis, il nous faut maintenant
Boire au retour du lieutenant !

TOUS, *frappant sur la table.*

Allons, qu'on nous serve soudain !...
Et pour nous mettre tous en train,
Toby va nous dire un refrain.

TOBY.

Et lequel ?

TOUS.

Cette chanson du régiment
Que nous répétons si souvent.

Des vivandières apportent des pots de bière et des gobelets. Les soldats se versent tous et trinquent avec Toby.

TOBY.

COUPLETS.

Un bon luron,
John le dragon,
Aimait Jenny la belle ;
Mais du wisky
Sir John aussi
Était l'amant fidèle.
Le bon garçon
Avait raison,
Le wisky charme l'âme,
Cette liqueur
Douce du cœur,
Surtout près d'une femme.
Allons, gais compagnons,
Versez cette liqueur vermeille.
Buvons,
Amis, trinquons,
La gaîté sort de la bouteille.

TOUS.

Allons,
Joyeux lurons,
Buvons,
Rions,
Chantons !

TOBY.

John le dragon
A son tendron,
Le cœur rempli d'amour, fit la promesse
Qu'à son ami,
Son favori,
Son cher wisky,
Il renonçait pour sa maîtresse.
Grâce à cela,

On l'épousa ;
Mais le rusé compère,
Le lendemain,
Dès le matin,
S'enivrait à plein verre.
Jenny grondait,
Il répondait :
Si je suis gris, ma chère,
C' n'est pas d' wisky,
C'est de l'randy,
De clairet et de bierre.

TOUS.

Le bon garçon
Avait raison.
Le brandy charme l'ame.
Cette liqueur
Donne du cœur,
Surtout près d'une femme.
Allons,
Buvons,
Trinquons!
Un franc luron,
Un bon dragon,
Doit boire et toujours boire ;
Sans le wisky,
Sans le brandy,
Adieu gloire et victoire!

LES SOLDATS *sortent après avoir bu, en criant,*
Au retour du lieutenant Robinson!

Ils s'éloignent par le fond.

SCENE IX.

TOBY, EFFIE.

EFFIE, *sortant de la chambre à gauche et parlant à la cantonnade.*

C'est bien, monsieur Robinson, ne vous fâchez pas, on vous laisse ; mais, je vous le répète, votre ruse ne réussira pas.

TOBY, *à voix basse.*

Chut! silence! mon Dieu! ne pouvez-vous retenir votre langue? Si l'on vous entendait! oh! les femmes!

EFFIE, *à Tobie.*

C'est possible ; mais vous, qui êtes un homme, vous lui avez donné là un fort mauvais conseil... certes, je serais la première à me sacrifier pour sauver le frère de M. Robinson, vous le savez... cependant, j'aurais cherché un autre moyen.

TOBY.

Pas si haut, mille dieux! pas si haut! Je vous dis, moi, que notre stratagème est admirable... Grâce à lui, nous gagnons du temps, une fois le lieutenant de retour, il reprend son uniforme, le brasseur retourne à Preston...

EFFIE.

Oui, votre plan serait bien concerté, si vous aviez affaire à un autre homme qu'à mon fiancé ; mais lui, si doux, si simple, si bon! lui qui n'a jamais quitté sa brasserie, l'habiller en officier! l'obliger à avoir le ton brusque, la démarche dégagée, l'air d'un brave enfin? vous n'y réussirez pas!

TOBY.

Voulez-vous me faire donner au diable! L'essen-

tiel était d'empêcher que la sentence ne fût prononcée... maintenant quelques conseils suffiront, j'espère, pour donner à votre fiancé la tournure et les manières du lieutenant.

EFFIE.

Puissiez-vous réussir!

TOBY.

Je l'entends... vite à l'œuvre!

SCENE X.

LES MÊMES, ROBINSON, *en uniforme d'officier, mais ridiculement habillé.*

ROBINSON.

Me voilà, sergent, me voilà!

TOBY, *examinant Robinson.*

Ah çà, comment diable vous êtes-vous harnaché?

EFFIE, *à Tobie.*

Je vous le disais bien... regardez donc, il a un air vraiment...

ROBINSON, *avec inquiétude.*

Ah! mon Dieu! est-ce que je ne ressemblerais pas à mon frère?

TOBY.

Si, au premier abord, mais pour compléter l'illusion, il faut prendre ses gestes, ses habitudes, ne pas avoir l'air d'une recrue.

ROBINSON.

Dam! je ne demande pas mieux ; il faut sauver mon frère, voyez-vous.

TOBY.

Pour vous donner ce qui vous manque, placez d'abord votre épée comme ça.

Il lui replace son épée.

ROBINSON.

Non, non, sergent, moins en arrière ; ça s'emberlificoterait dans mes jambes... (*Manquant de tomber.*) Tenez, voyez-vous!

TOBY.

Et le chapeau... s'il est possible! (*lui replaçant rudement le chapeau sur le coin de l'oreille*) là!

ROBINSON.

Sergent, je n'y vois plus que d'un œil!

TOBY.

Cela suffit!

TRIO.

TOBY.

Il faut d'un vrai soldat prendre ici l'attitude...

ROBINSON.

Ça n'est pas facile, vraiment,
Quand on n'en a pas l'habitude...

EFFIE.

Cela s'apprend
Très-promptement!

TOBY.

Allons, une allure guerrière,
Et marchez d'un air imposant!...

ROBINSON.

Je ne sais pas la manière,
Montrez-moi ce qu'il faut faire.

TOBY.

Regardez-moi maintenant.

ROBINSON.

Je ne perds pas un mouvement...

TOBY *marche en imitant le son du tambour.*

Ran, pan, plan, rataplan !

ROBINSON, *l'imitant sans pouvoir se mettre au pas.*

Ran, rataplan! plan !

EFFIE.

Rien n'est plus facile pourtant...
      Cela s'apprend
      En un instant
      Marchant avec fierté et bien au pas.
Ran, plan, plan, rataplan !

ROBINSON, *regardant Effie.*

En vérité, c'est surprenant,
      Elle s'y prend
      Très-gentiment.

TOBY.

En vérité, c'est surprenant,
      Elle s'y prend
      Très-gentiment!

EFFIE.

      C'est très-facile ;
      Sans être habile,
      Cela s'apprend
      Très-aisément.

TOBY.

Pour bien imiter votre frère,
Dont vous avez toute la voix,
Il faut comme un vrai militaire,
Savoir aussi jurer parfois.

ROBINSON.

Jurer !... Je ne pourrai m'y faire !

TOBY.

Eh! mon Dieu!
Essayez un peu :
      Corbleu !
      Morbleu!
      Tête-bleu!
      Ventrebleu!

ROBINSON, *d'une voix très-douce.*

      Corbleu !
      Morbleu!
      Tête-bleu!
      Ventrebleu!

EFFIE, *impatientée.*

Il faut y mettre plus de feu!...
      Corbleu !
      Morbleu !
      Tête-bleu!
      Ventrebleu !

TOBY, *riant.*

En vérité, c'est surprenant,
Elle jure très-gentiment.

ROBINSON.

En vérité, c'est surprenant ,
Elle jure très gentiment.

EFFIE.

Mon Dieu, qu'il a l'air innocent!
Rien de plus facile pourtant !

TOBY.

Pour compléter la ressemblance
Avec mon brave lieutenant,
Il faut fumer et boire avec outrance....

ROBINSON.

Boire et fumer !... Je ne le puis vraiment,
Je le sais par expérience.

TOBY, *lui présentant une pipe qu'il a allumée.*

Allons, fumez !...

ROBINSON, *la prend, essaye de fumer et tousse,*
      C'est impossible.

EFFIE, *prenant la pipe.*

Ça ne me paraît pas pénible...
      Elle fume un instant d'un air martial.

ROBINSON, *riant.*

En vérité, c'est surprenant ,
Elle fume très-gentiment.

TOBY.

En vérité, c'est surprenant ,
      Elle s'y prend
      Très-gentiment !

EFFIE.

Pourquoi cet air d'étonnement ?
Rien de plus facile, vraiment !
      Cela s'apprend
      En un instant!
Je viens de l'essayer,
Et mon humeur guerrière
Sait très-bien se plier
A ce nouveau métier.
Je serais à la guerre
Une parfaite vivandière;
Je suivrais les soldats
Lancés au milieu des combats ;
Oui , mon humeur altière,
Et ma démarche fière,
Auprès d'un militaire
Pourraient me faire honneur;
      Car j'ai le cœur
      Rempli d'ardeur,
Et rien ne peut me faire peur ;
      Non , sur l'honneur ;
Et vous voyez que mon humeur guerrière
      Sait très-bien se plier
      A ce nouveau métier.
      Près de vous à la guerre ,
      En brave vivandière ,
      Je suivrais les soldats
      Au milieu des combats.

ROBINSON, TOBY.

Si je formais un régiment,
Je la prendrais pour lieutenant.

EFFIE.

Rien n'est plus facile vraiment.
Cela s'apprend en un instant.
Je viens de l'essayer, etc.

ROBINSON, *s'animant.*

      Son exemple m'éclaire,
      Je veux faire la guerre.

TOBY.

Eh bien donc, en avant!

EFFIE.

Le clairon militaire
Nous appelle à la guerre :
En avant! tout le régiment!
Je cours à la bataille ,
Au sein de la mitraille ,
Et des coups je me raille ;
      En avant!

TOUS TROIS *ensemble.*

En avant !

SCÈNE XI.

LES MÊMES, LOVEL.

ROBINSON, *bas, en voyant entrer Lovel.*

Un officier !... celui de tout-à-l'heure...

TOBY, *bas à Robinson.*

C'est l'aide de camp du général !... rappelez-
vous mes leçons.

ROBINSON, *bas.*

Vous allez voir!

Il s'efforce de prendre une attitude militaire.

LOVEL.

Lieutenant Robinson, le général me charge de vous annoncer que le conseil de guerre qui devait prononcer sur votre sort vient d'être dissous.

ROBINSON, *bas à Effie, avec joie.*

Effie... mon frère est sauvé!

EFFIE, *de même.*

Que je suis contente!

LOVEL.

Je regrette beaucoup que ma mission ne se borne pas là.

ROBINSON, *à part, inquiet.*

Quoi donc?... Il y a encore quelque chose?

TOBY, *à part.*

Je tremble!

LOVEL.

C'est avec peine que je me vois forcé de vous annoncer que le général doit punir une absence trop prolongée du camp.

EFFIE, *à part.*

Ah! mon Dieu! qu'est-ce qu'ils vont lui faire?

LOVEL.

Le général vous ordonne de garder les arrêts.

TOBY, *à part.*

Mon pauvre lieutenant!... quel affront!

ROBINSON, *à part, avec joie.*

Ah! ce n'est que ça?... (*Haut.*) Vous direz au général que je suis très-sensible...

TOBY, *bas à Robinson.*

Que faites-vous, maladroit?... Paraissez désolé, au contraire.

ROBINSON, *bas.*

Ah! oui... (*Haut.*) Dites au général que je suis très-sensible... à l'affront que je reçois... Ah! morbleu! ventrebleu!

LOVEL.

Votre chagrin, lieutenant, est bien naturel... Il est pénible pour un officier de garder les arrêts un jour de bataille.

ROBINSON.

Ah! on se bat aujourd'hui!... Alors, ça se trouve à...

TOBY, *bas à Robinson.*

Malheureux!...

ROBINSON, *haut et feignant la colère.*

On se bat aujourd'hui!... Malédiction! damnation!... je ne serai pas à la tête de ma compagnie; je n'aurai pas le bonheur de sentir l'odeur de la poudre... de me trouver au milieu de la mitraille, entouré d'ennemis!... Guerre et sang!... Moi qui aime tant le carnage!... (*Bas à Effie.*) J'aime encore mieux les arrêts!

LOVEL.

Votre parole d'officier de ne point sortir de cette cantine sans en avoir reçu l'autorisation... Et, maintenant, un dernier ordre à exécuter... Lieutenant Robinson, votre épée!

Robinson cherche à détacher son épée. Toby l'aide et lui montre comment il faut la donner.

ROBINSON.

Mon épée... la voici!

Il la remet à Lovel.

TOBY, *à part.*

Déshonoré!... déshonoré!...

ROBINSON.

Vous direz au général combien il m'en a coûté pour m'en séparer... Quant à ma parole de ne pas courir au combat, à regret je vous la donne... et jamais elle n'aura été mieux tenue.

LOVEL.

Très-bien, lieutenant!

ROBINSON, *reconduisant Lovel.*

Que le général sache combien je suis désolé... et si j'avais pensé... Oh! oui, certainement...

LOVEL.

Notre chef connaîtra vos regrets, et si je puis le faire consentir à lever vos arrêts...

ROBINSON, *vivement.*

Non... non... ma punition est grande, sans doute... mais je la mérite; et, pour tout au monde, je ne voudrais pas que le général changeât ses dispositions à mon égard... J'y tiens beaucoup!... c'est cruel; mais il faut un exemple!

LOVEL, *sortant.*

Il suffit.

~~~~~~

SCENE XII.

ROBINSON, TOBY, EFFIE.

ROBINSON.

Dieu soit loué!... Georges est sauvé!

EFFIE, *joyeuse.*

Et l'on vous condamne à garder les arrêts, juste un jour de bataille!... est-ce heureux!

ROBINSON.

Tous les bonheurs à la fois!

TOBY, *avec ironie.*

Ah! vous appelez ça du bonheur?... Savez-vous bien que pour un officier la mort est cent fois préférable?

ROBINSON.

Ta ra ta ta!...

TOBY.

Oui, vous ne comprenez pas ça, vous autres... mais, morbleu! ça ne sera pas... et je cours arranger les choses.

ROBINSON.

Quelles choses?

TOBY.

Dans un instant, vous saurez tout.

Il sort en courant par le fond.

ROBINSON, *le rappelant.*

Sergent!... sergent!... Dis donc, Effie, as-tu deviné ce qu'il veut faire?

EFFIE.

Du tout.

ROBINSON.

Ça commence à m'inquiéter... Ce Toby a une tête!... Je cours après lui... Toi, rentre dans cette chambre.

EFFIE.

Ne faites pas d'imprudence, monsieur Robinson!

ROBINSON.

Sois tranquille!

Elle rentre dans la chambre à gauche, Robinson en ferme la porte, et voulant sortir par le fond, il se trouve face à face avec Jenkins.

SCENE XIII.

ROBINSON, JENKINS.

JENKINS, *à part, et vivement, après avoir regardé Robinson.*

C'est lui! (*Haut.*) Un mot, lieutenant!... Je suis sir Olivier Jenkins, capitaine de haut-bord, et frère de la malheureuse Anna...

ROBINSON, *à part.*

Eh bien! qu'est-ce que ça me fait?

JENKINS.

Vous devez alors comprendre ce que je veux.

ROBINSON.

Pas du tout!

JENKINS.

Quoi! vous niez avoir séduit ma sœur?...

ROBINSON.

Moi?... c'est un peu fort, par exemple!

JENKINS, *lui montrant quelques lettres.*

Quoiqu'elles ne soient pas signées, soutiendrez-vous que ces lettres ne sont pas de votre main?

ROBINSON, *à part.*

L'écriture de mon frère!...

JENKINS.

Vous êtes confondu!... car ces lettres ne me laissent plus à douter du malheur de ma pauvre Anna!... Le hasard les a fait tomber en mon pouvoir, ainsi que votre portrait... J'ai questionné ma sœur... je l'ai priée... je l'ai menacée... Je voulais connaître l'infâme qui l'avait séduite: elle a gardé le silence. Alors, le cœur plein de rage, j'ai juré de trouver le misérable qui avait jeté la honte sur ma famille... Ce portrait à la main, je suis accouru ici, questionnant chaque visage, et c'est au moment de m'éloigner que je vous rencontre... Que le ciel soit loué!...

ROBINSON, *à part.*

Scélérat de Georges!... dans quelle position il me met!

JENKINS.

Lieutenant Robinson, vous comprenez le motif de mon voyage... prenez votre épée, et sortons!

ROBINSON, *affectant de l'assurance.*

Voyons, monsieur le capitaine... que diable!... on peut s'entendre.

JENKINS.

Je vous le répète, il faut qu'un de nous deux perde la vie, ou bien que vous épousiez ma sœur!

ROBINSON.

Donnez-vous donc la peine de vous asseoir. (*A part.*) Je vais gagner du temps... et quand mon frère sera de retour, il s'arrangera. (*Haut.*) Épouser votre sœur, monsieur le capitaine... mais je ne dis pas que non... elle est charmante votre sœur... fort bien élevée... un petit air comme il faut.. et puis une position sociale parfaitement en rapport avec la mienne... il n'y a que le caractère qui... après tout vous me direz... (*Se levant.*) Au surplus, j'irai en causer chez vous la semaine prochaine... A l'avantage de vous revoir!

JENKINS, *avec fureur.*

Me croyez-vous homme à me contenter d'une simple parole lorsqu'il s'agit de l'honneur de ma famille?

ROBINSON.

Écoutez donc...

JENKINS.

Voici un écrit que j'avais préparé... vous n'avez qu'à le signer.

ROBINSON, *regardant le papier.*

Ah çà, mais... c'est un contrat de mariage?

JENKINS.

Sans doute.

ROBINSON, *à part.*

Prendre la place de mon frère... passe encore... mais me marier pour lui!...

JENKINS.

Vous hésitez?

ROBINSON.

Écoutez donc... un engagement sérieux... il faut y réfléchir.

JENKINS.

Je comprends enfin!... c'est un refus positif... Sortons!

Il remonte le théâtre.

ROBINSON, *à part, avec joie.*

Oh! mes arrêts! (*Haut.*) Eh bien, oui, monsieur, sortons!

JENKINS.

Enfin!...

ROBINSON.

Et je vous préviens que notre combat ne sera pas une plaisanterie!

JENKINS.

J'y compte.

ROBINSON.

Ni quartier ni trêve!

JENKINS.

Ni quartier ni trêve!

ROBINSON.

Jusqu'à ce qu'un des deux soit mort!

JENKINS.

C'est entendu!

ROBINSON.

Sortons, monsieur!...(*S'arrêtant.*) Ventrebleu!... je ne peux pas sortir!

JENKINS.

Qui vous empêche?...

ROBINSON.

Je suis aux arrêts... vous le voyez, je n'ai point d'épée.. malheureux!... je n'ai point d'épée!

SCENE XIV.

LES MÊMES, TOBY, *accourant l'épée de Robinson à la main.*

TOBY.

Victoire!... victoire!... mon lieutenant!... le

général lire vos arrêts!... il vous rend votre épée...

JENKINS, *avec joie.*

Ah!...

ROBINSON, *à part.*

Je suis assassiné!... anthropophage de sergent!

JENKINS, *à Robinson.*

Rien maintenant ne peut plus s'opposer...

ROBINSON, *à Jenkins.*

C'est ce qui vous trompe... je connais mes devoirs d'officier... croyez-vous que je me permettrais de sortir sans une autorisation signée du général?... et parce qu'un sergent... un inférieur viendra... fi donc!... ça ne se peut pas!

JENKINS.

Eh bien, cette autorisation, je vais vous l'apporter.

Jenkins sort par le fond, Effie entre par la gauche avec effroi.

ROBINSON.

Vous me ferez plaisir. (*A part.*) Le général aurait bien dû y mettre de l'obstination.

SCENE XV.

ROBINSON, TOBY, EFFIE.

ROBINSON, *à Toby.*

Malheureux! qu'avez-vous fait?

TOBY, *étonné.*

Hein?...

EFFIE, *pleurant, à Toby.*

Oui, qu'avez-vous fait?

TOBY.

Ah çà! expliquez-vous!

ROBINSON.

Il y a... il y a que mon frère, à ce que je vois, a séduit la sœur de cet enragé marin qui vient de sortir d'ici.

EFFIE.

Et cet enragé veut se battre avec mon pauvre Robinson... qu'il prend pour le lieutenant... j'étais là... j'écoutais... et j'avais une peur!...

ROBINSON.

Oui, nous avions une peur...

TOBY.

Et vous ne lui avez pas dit, j'espère, que vous étiez...?

ROBINSON.

Je m'étais heureusement retranché derrière mes arrêts; je faisais le crâne, le mangeur d'hommes... et vous venez là!... Au fait, je ne vous avais pas prié, sergent, de me rendre ce mauvais service; les arrêts m'allaient au mieux; je me serais complu à les garder jusqu'au retour de mon frère.

TOBY.

Quoi! des reproches, au lieu de remercîmens? vous ne me sautez pas au cou lorsque je viens vous annoncer que le déshonneur de votre frère n'a pas été consommé?... que le général lui rend son épée et le commandement de la compagnie qui va avoir l'honneur de marcher la première au feu et d'enlever la redoute ennemie?

ROBINSON, *épouvanté.*

La redoute!... miséricorde!...

EFFIE.

Ah! pour celui-là! ça ne sera pas, je m'y oppose.

TOBY.

Silence, femme!

EFFIE.

Monsieur Robinson, je vous défends d'avoir du courage!

ROBINSON.

N'aie pas peur... on ne disposera pas de moi comme ça!... Que diable! à la fin des fins, je ne suis pas soldat... je suis brasseur!... tout ce qu'il y a de plus brasseur!... J'aime mon frère, c'est vrai; mais je crois avoir assez fait!...

TOBY.

C'est ce qui vous trompe; et la noble mission que vous avez acceptée, vous la remplirez jusqu'au bout. Quel motif pourrez-vous donner pour ne pas vous placer au rang d'honneur que l'on vous a assigné? que vous n'êtes pas le lieutenant Robinson... c'est le seul... Eh bien, quelques minutes après cette déclaration, le conseil aura condamné votre frère, et vous, vous serez sévèrement puni d'avoir pris son nom et son rang.

ROBINSON.

Où me suis-je fourré, bon Dieu!

TOBY.

Vous avez mis le pied dans l'étrier, plus moyen de reculer; et si vous n'êtes pas jaloux de l'honneur du lieutenant, je le serai, moi; car, voyez-vous, c'est mon enfant, mon idole que votre frère!

ROBINSON.

Et pour lui prouver votre attachement à votre idole, vous voulez me faire estropier... merci!

TOBY.

Bon Dieu!... est-ce qu'on ne peut pas en revenir sain et sauf?... j'en suis bien revenu, moi!

ROBINSON.

Vous avez l'habitude, vous!... mais moi, je suis sûr que je serai blessé... dans le dos.

EFFIE.

Monsieur Robinson, si vous allez vous battre, eh bien, je ne vous reverrai de ma vie!

ROBINSON.

C'est bien ce que je crains!... moi!... moi! au milieu de la bataille!... ça ne s'est jamais vu!... ça ne peut pas se voir!

TOBY.

Je serai là, je veillerai sur vous, je ne vous quitterai pas... je vous couvrirai de mon corps.

ROBINSON.

Oui... mais si on vous traverse, j'attraperai quelque chose... Du tout, du tout!... je m'en vais!

EFFIE.

C'est ça!

TOBY.

Partez!... mais rappelez-vous bien que c'est vous, vous qui aurez signé la condamnation de votre frère!

ROBINSON.

Que faire?... mon Dieu! que faire?... Il n'y a
donc pas moyen de montrer du courage sans
courir aucun danger?

TOBY, *lui prenant le bras et le secouant.*

Allons, allons, voilà vos soldats qui viennent
vous chercher... quelle gloire pour votre frère
d'enlever la redoute ennemie! Avec notre brave
régiment, c'est l'affaire de dix minutes!

SCENE XVI.

LES MÊMES, SOLDATS.

On entend le canon.

FINAL.

TOUS LES SOLDATS.

La trompette résonne,
Je sens mon cœur bondir!
Là bas le canon tonne,
Allons, il faut partir!

ROBINSON, *à part.*

La trompette résonne,
Je sens mon cœur frémir;
Le canon!... je frissonne!...
Grand Dieu!... je vais mourir!..

EFFIE, *à part.*

La trompette résonne,
Je sens mon cœur faiblir!...
Déjà le canon tonne!
Ah! s'il allait périr!

TOBY *et* LES SOLDATS

Allons, allons, mon lieutenant,
Reprenez le commandement!

TOBY.

Mon lieutenant,
Tout le régiment vous attend!

ROBINSON, *à part.*

Je voudrais que le régiment
M'attendît indéfiniment!

Fanfares au dehors et bruit du canon plus rapproché.

REPRISE GÉNÉRALE.

La trompette résonne, etc.

*Les soldats vont se placer au fond en rang pour passer
une inspection d'armes.*

ROBINSON, *à demi-voix, à Toby.*

Mais comment faire? comment faire?...
Sergent, je suis anéanti!

TOBY, *de même.*

Le cheval de votre frère
Vous attend tout près d'ici...
Confiez-vous à son ardeur guerrière,
Et laissez-vous guider par lui;
Car il vous conduira tout droit à l'ennemi!

ROBINSON, *tremblant.*

A l'ennemi!...

Avec explosion.

Eh bien! mille fois non!.. je ne veux plus!... Merci!

Il veut s'échapper.

TOBY, *le retenant, à demi-voix.*

Si vous hésitez un instant
A prouver ici votre zèle,
Si vous agissez lâchement,
Je le jure, foi de sergent,
Je vous fais sauter la cervelle!

ROBINSON, *au désespoir.*

Au moins, laissez-moi le moment

De faire, hélas! mon testament!

TOBY, *à demi-voix.*

Pas un moment, pas un moment!
Il faut se battre lestement!

EFFIE, *prenant la main de Toby,*

Par pitié, monsieur le sergent...

TOBY, *brusquement.*

Ah! faisons trève au sentiment!

Canonnade très-vive, et très-rapprochée.

TOBY *et* TOUS LES SOLDATS, *revenant auprès de Robinson.*

Comme le canon tonne!
Ah! pour nous quel plaisir!
La trompette résonne,
Allons, il faut partir!

ENSEMBLE.

ROBINSON, *à part.*

La trompette résonne!
Je me sens défaillir!
Le canon! je frissonne!
Grand Dieu!... je vais périr!

EFFIE, *à part,*

La trompette résonne,
Je sens mon cœur faiblir!
Là-bas le canon tonne!
Ah! s'il allait périr!

*Toby entraîne Robinson, qui résiste, et veut s'élancer
dans les bras d'Effie; tous les soldats les suivent.*

SCENE XVII.

EFFIE, *seule, très-agitée.*

AIR.

Là-bas, dans la plaine,
Hélas! loin de moi,
Voilà qu'on l'entraine...
Quel est mon effroi!
Céleste Providence,
Veille, veille sur lui;
Car son existence
Est la mienne aujourd'ui!

Bruit de canon et de fusillade.

Ah! ce bruit me glace!
Grâce!... grâce!
Lorsque je l'aime avec tendresse,
Quand tout sourit à mes amours,
Me faudra-t-il, dans la tristesse,
Seule, consumer tous mes jours?

Écoutant.

Mais le bruit cesse, il me semble;
Je reprends un peu d'espoir...
Oui, nous serons encore ensemble,
Robinson, je vais te revoir!

CANTABILE.

Dans notre brasserie,
A nous aimer tous deux,
Nous passerons la vie...
Est-il sort plus heureux?
Jamais de querelle.
Seule, j'ai ta foi,
Epouse fidèle,
Je n'aime que toi!...
Dans notre brasserie, etc.

Fusillade plus vive et plus rapprochée.

Mais le bruit redouble...
Quel malheur est le mien!...

Courant au fond pour regarder.

Ah !... ma vue est trouble...
Je ne vois plus rien !...
Ce fracas me glace,
Grâce !... grâce !

Revenant sur le devant de la scène et se jetant à genoux.

Céleste Providence !
Veille !... veille sur lui !...
Car son existence
Est la mienne aujourd'hui !

SCENE XVIII.

EFFIE, Soldats, *puis* **TOBY** *et* **ROBINSON**
ramené en triomphe par des soldats.

TOUS LES SOLDATS.

Victoire ! victoire ! victoire !
Ah ! quel triomphe éclatant !
Notre brave lieutenant
Vient de se couvrir de gloire !

ROBINSON, *comme un homme qui revient à lui.*

Mes enfans... suis-je encor vivant ?

D'AUTRES SOLDATS, *accourant.*

Grande nouvelle, lieutenant,
Plus de soucis et plus de peine,
Car le général, à l'instant,
Vient de vous nommer capitaine !

ROBINSON.

Capitaine !

EFFIE *et* **TOBY.**

Capitaine !

TOUS.

Vive, vive le capitaine !

*Tous les soldats remontent la scène ; des vivandières au
fond leur versent à boire.*

EFFIE, *à Robinson, à demi-voix.*

Mais, je m'y perds vraiment ;
Vous deveniez si vaillant !
De grâce, dites-moi comment !

ROBINSON, *la prenant à part.*

Rien de plus facile, vraiment !

AIR.

Tout-à-l'heure, tant bien que mal,
Le sergent me hisse à cheval ;
Et, sans attendre mon signal,
Je vois s'élancer l'animal ;
Grand Dieu ! quel fracas infernal !
Par un mouvement machinal,
Je veux fuir avec le cheval ;
Mais le courageux animal,
Dans son élan trop martial,
Me conduit, ô destin fatal !
Au beau milieu du bacchanal.
Bref, si j'ai gagné la bataille,
Vois-tu, c'est grâce à mon cheval ;
Car si j'ai bravé la mitraille,
C'est que j'étais sur mon cheval ;
Je n'aurais pas eu la victoire

Si j'avais été sans cheval ;
Si je me suis couvert de gloire,
C'est que j'avais un bon cheval !...
Enfin, la chose est bien certaine,
Notre triomphe est sans égal,
S'il est une justice humaine,
O mon cheval,
Noble animal,
Puis qu'on me nomme capitaine,
On doit te nommer général !

TOUS.

Vive, vive le capitaine !

SCENE XIX.

LES MÊMES, QUATRE OFFICIERS, UN AUTRE OFFICIER
portant des drapeaux ; puis **JENKINS.**

LES QUATRE OFFICIERS, *à Robinson.*

Pour récompenser votre zèle,
Notre chef vient de vous choisir
Pour porter au roi la nouvelle
Du succès qu'on vient d'obtenir ;
Offrez-lui ces drapeaux que votre ardeur si belle
Aux ennemis a su ravir !
Allons, allons, hâtez-vous de partir !

TOUS.

Quelle faveur nouvelle !

ROBINSON, *à part.*

Pour la cour, il me faut partir !
Ça ne va donc pas en finir !..

JENKINS, *à part, regardant Robinson avec rage.*

Ah ! quel bonheur j'éprouve !
Enfin, je le retrouve.
S'il échappe au sort des combats,
A ma juste vengeance il n'échappera pas !

CHOEUR.

Partez ! partez, mon capitaine !
Mais revenez auprès de nous !
Toujours la victoire est certaine,
Quand nous combattons avec vous !

ROBINSON.

Merci, merci, mes chers enfans !
Attendez-moi !

A part.

Vous m'attendrez long-temps !

CHŒUR GÉNÉRAL.

Partez, partez, mon capitaine !
Mais revenez auprès de nous ;
Toujours la victoire est certaine
Quand nous combattons avec vous !

*Les soldats forment une haie ; Robinson passe au milieu
d'eux, en leur serrant la main. Effie veut l'accompagner, Toby l'arrête, et indique par des gestes qu'ils
le rejoindront bientôt. Jenkins, sur le devant du théâtre, fait un signe de menace, et se dispose à suivre
Robinson.*

FIN DU DEUXIÈME ACTE.

ACTE TROISIÈME.

Le théâtre représente une galerie du château de Windsor, communiquant, au fond, à la salle du trône par trois larges portes fermées. A gauche, sur le second plan, la porte d'entrée principale ; à droite, une porte donnant dans les grands appartemens du roi. A gauche, sur le premier plan, une petite porte. De côté, à droite, sur le devant du théâtre, une table couverte d'instrumens de mathématiques, d'une carte de géographie, etc.

SCÈNE PREMIÈRE.

SEIGNEURS et DAMES DE LA COUR, *sur le devant de la scène; DES GENS du château, groupés vers le fond; TOBIE et EFFIE, à l'écart; puis ROBINSON, portant des drapeaux, entrant par la porte de gauche, suivi par des OFFICIERS.*

A l'aspect de Robinson, des acclamations éclatent de toutes parts.

CHOEUR.

Honneur! honneur! honneur!
A ce fameux vainqueur!
De lui l'Angleterre
Sera toujours fière.
Simple lieutenant,
Pour lui quel beau rêve !
Sa valeur l'élève
Jusqu'au premier rang!

ROBINSON, *s'arrêtant sur le devant de la scène, à part.*

Ah! quel accueil !... ah! quel cortége!...
Je vais, je vais parler au roi....
Quel embarras!... que lui dirai-je ?...
Hélas!... hélas!... c'est fait de moi!!...

TOBY, *s'approchant de Robinson, à demi-voix.*

Remettez-vous... allons, courage!...
Il faut achever votre ouvrage!...

ROBINSON, *à part.*

Présenter ces drapeaux au roi!...
Mon Dieu! mon Dieu! comment m'y prendre ?...
A nos ennemis, sur ma foi,
J'aimerais mieux les aller rendre!...

Un huissier ouvre la porte à droite. Robinson, suivi des officiers, se remet en marche.

CHOEUR.

Honneur! honneur! honneur!
A ce fameux vainqueur !
De lui l'Angleterre
Sera toujours fière.
Simple lieutenant,
Pour lui quel beau rêve!
Sa valeur l'élève
Jusqu'au premier rang!...

Robinson, suivi des officiers et des seigneurs, entre chez le roi par la porte de droite; les gens du château sortent par la porte à gauche.

SCÈNE II.

EFFIE, TOBY.

EFFIE, *s'avançant avec crainte vers Toby, qui regarde à la porte par où Robinson est sorti.*

Dites donc, sergent Toby, est-ce que nous allons rester ici?

TOBY, *regardant toujours.*

Pourquoi pas?

EFFIE.

Songez donc où nous sommes... à Windsor, dans le château du roi.

TOBY, *de même.*

Eh bien! après?

EFFIE.

Si quelque domestique nous apercevait...

TOBY.

On lui demanderait des nouvelles de sa santé, et si le gaillard se fâchait, on prendrait son dos pour un tambour, et l'on jouerait dessus la marche : *File plus vite que ça!*

EFFIE.

Vous oseriez?... à Windsor !

TOBY.

Justement! nous ne sommes pas à Londres, au palais de Saint-James; ici l'étiquette est bannie; d'ailleurs, notre Georges II est un roi sans façon, qui aime à s'entourer du populaire.

EFFIE.

Mais...

TOBY.

Et puis, à cause de la grande victoire remportée sur le fils du Prétendant, c'est aujourd'hui fête, et l'entrée des jardins royaux est permise à tout le monde.

EFFIE.

Oui, mais l'entrée des jardins seulement; et ici nous sommes...

TOBY, *regardant autour de lui.*

Dans une petite salle fort gentille! où est le mal? Ah ça, que diable avez-vous? vous êtes plus timide encore que votre grand vainqueur de fiancé, et ce n'est pas peu dire... Hier, au camp, vous paraissiez si aguerrie, vous juriez, vous fumiez!

EFFIE.

C'était pour lui donner du cœur; mais il y a de quoi trembler; une maudite voiture n'a pas cessé de suivre la nôtre pendant tout le voyage.

TOBY.

C'est qu'elle faisait la même route.

EFFIE.

Elle s'arrêtait toujours quand nous nous arrétions.

TOBY.

C'est qu'elle trouvait des charmes dans notre société.

EFFIE.

Dites plutôt que dans cette voiture se trouvait le capitaine Jenkins.

TOBY, *d'un air incrédule.*

Ah! bah!

EFFIE.

Il avait beau se tenir dans le fond, je vous dis que je l'ai reconnu, et qu'il suit partout mon pauvre Robinson pour le tuer.

TOBY, *avec impatience.*

Eh! qu'importe?

EFFIE.

Comment, qu'importe?

TOBY.

Ce n'est pas là ce qui m'inquiète! Mais je crains que le brasseur ne fasse quelque gaucherie devant sa majesté; ce matin, dans notre auberge, je lui ai pourtant bien fait sa leçon. On se place devant le monarque comme ça, et on lui dit: «Sire, voilà des drapeaux que j'ai pris; où faut-il les mettre!» C'est ainsi qu'on s'exprime quand on a de l'usage et de l'éducation.

COUPLETS.

Si j'avais à parler au roi,
Je ne craindrais rien, sur ma foi;
Je lui dirais: C'est moi, Toby,
Votre soldat et votre ami;
Je me suis battu comme un diable,
Et ne suis encor que sergent;
Allons, sire, soyez aimable,
Donnez-moi de l'avancement!
  Oui, je suis vraiment
  Un bien bon enfant;
Il me faut à l'instant de l'avancement.
  Un bon mouvement,
  Point d'entêtement,
Majesté, donnez-moi de l'avancement,
  Oui, voilà, ma foi,
  Comme on parle au roi!

DEUXIÈME COUPLET.

Si notre roi me refusait,
Mille tonnerres! l'on verrait!
Je lui dirais: O majesté,
Vous avez tort, en vérité;
Vous accordez titres et grâces
A vos nombreux solliciteurs:
Qu'ont-ils fait pour avoir des places,
Et mériter tant de faveurs?
  D'un grade nouveau
  Faites-moi cadeau,
Car pour vous, bien souvent, j'ai risqué ma peau;
  Un bon mouvement,
  Point d'entêtement!
Majesté, donnez-moi de l'avancement!
  Oui, voilà, ma foi,
  Comme on parle au roi!

EFFIE, *qui a écouté.*

Attendez, sergent... entendez-vous?

TOBY, *prêtant l'oreille.*

Non!

EFFIE, *allant vers la porte de droite.*

Je ne me trompe pas... derrière cette porte....

TOBY.

Eh bien! quoi?

EFFIE.

Un bruit éloigné! du tumulte!

TOBY, *écoutant.*

Oui... en effet! allons, il a fait quelque bêtise!

EFFIE.

Je suis plus morte que vive; sergent, allez donc voir.

TOBY, *entr'ouvrant la porte à droite.*

Parbleu! vous ne vous trompiez pas, des groupes se sont formés au pied du grand escalier, l'inquiétude est peinte sur chaque visage. Qu'est-il arrivé, mon Dieu! qu'est-il arrivé?

EFFIE.

Il aura été reconnu, sergent Toby! c'est notre dernier jour.

TOBY.

Eh! mais, oui, justement... voilà notre homme!

EFFIE, *avec anxiété.*

Prisonnier, n'est-ce pas?

TOBY.

Non, libre, mais pâle, défait... il m'a vu! il vient à nous, nous allons savoir quelque chose!

EFFIE.

Sergent, je vais me trouver mal!

TOBY.

Remettez ça à demain matin.

SCÈNE III.

LES MÊMES, ROBINSON, *entrant par le fond.*

TOBY, *très-vivement à Robinson.*

Eh bien?

ROBINSON, *dans le plus grand trouble.*

Mes pauvres enfans, nous sommes perdus!

EFFIE.

Ah! mon Dieu!

TOBY.

Expliquez-vous!

ROBINSON.

Tout-à-l'heure, on m'introduit dans la grande salle; le roi était assis, entouré de sa cour; on me dit tout bas de mettre un genou en terre, et ça se trouvait très-bien, car je sentais mes deux jambes s'en aller.

EFFIE.

Mon pauvre Robinson!

TOBY.

Laissez parler, femme.

ROBINSON.

Le roi, prenant sans doute ma peur pour de l'émotion, me fait signe de me rassurer, et me présente sa main à baiser... jusque là, ça allait à merveille; tout-à-coup un officier, un colonel, je crois, les habits en désordre, couverts de poussière, entre dans la salle du trône et remet une lettre au roi. Le monarque l'ouvre, la lit, et la froisse dans ses mains avec colère, puis, me regardant fixement, il me dit: «Je vous ordonne, monsieur, de ne pas quitter le palais! vous m'entendez?» Oui, sire, que je réponds en balbutiant; et sa majesté sort, suivie de ses officiers.

TOBY.

Et vous?

ROBINSON.

Moi, je suis d'abord resté pétrifié à la même

place, mais, cette fois, les deux genoux à terre, parce qu'un seul ne suffisait plus.

TOBY.

Mille tonnerres !

EFFIE.

Allez, le roi sait tout ; mon pauvre fiancé !

TOBY.

Mon pauvre lieutenant ! mais, qui a pu nous trahir ! si je le savais !

ROBINSON.

Mon frère ! mon bon Georges ! n'y a-t-il plus d'espoir !

ROMANCE.

PREMIER COUPLET.

Pour sauver ta vie,
J'aurais tout quitté ;
Jusqu'à mon Effie !...
Rien ne m'aurait coûté.
Pour un militaire
Le premier bien, oui, c'est l'honneur ;
Si tu le perds, mon pauvre frère,
Je perds aussi tout mon bonheur !
Ah ! je désespère
De sauver tes jours !
Ciel, venez à mon secours;
Au prix des miens, sauvez ses jours ;

TOBY et EFFIE.

Ciel, venez à mon secours ;
Au prix des miens, sauvez ses jours !

DEUXIÈME COUPLET.

ROBINSON.

Mon Dieu, je t'implore !
Au gré de mon cœur,
Que je puisse encore
Prolonger leur erreur !
Pour un militaire,
Le premier bien, oui, c'est l'honneur ;
Si tu le perds, mon pauvre frère,
Je perds aussi tout mon bonheur !

ENSEMBLE.

Ah ! je désespère
De sauver { ses / tes } jours !

Ciel, venez à { son / mon } secours ;
Au prix des miens, sauvez ses jours !

ROBINSON.

On vient me chercher, entendez-vous ?

TOBY.

Allons, du calme, de la dignité ! songez à l'uniforme que vous portez !

ROBINSON.

Oui, sergent, je vais tâcher de ne songer qu'à mon uniforme.

SCÈNE IV.

LES MÊMES, LORD MULGRAVE, *paraissant par la droite et parlant à un officier avant d'entrer.*

LORD MULGRAVE.

Allez, monsieur, et faites exécuter les ordres de sa majesté.

TOBY, *bas.*

C'est le général Mulgrave, le premier aide de camp du roi. Voyons, soyez homme.

ROBINSON, *de même.*

Sergent, sergent, je ne sais plus ce que je suis.

LORD MULGRAVE, *entrant, à Robinson.*

Ah ! c'est vous, monsieur !... je vais vous faire connaître les volontés du roi. (*Apercevant Toby et Effie.*) Quelles sont ces gens ?

TOBY, *faisant le salut militaire.*

Sergent Toby, mon général.

ROBINSON, *répétant.*

Sergent Toby, mon général.

LORD MULGRAVE.

J'ai entendu parler de vous, mon brave.

TOBY.

Je crois bien.

ROBINSON, *de même.*

Il le croit bien.

LORD MULGRAVE.

Et cette jeune femme ?

ROBINSON, *très-embarrassé.*

Cette jeune femme... cette jeune femme, c'est ma belle-sœur, l'épouse de mon frère, un brave garçon, un brasseur... elle n'a pas voulu me quitter.

LORD MULGRAVE, *avec bonté.*

Je comprends... après les dangers que vous avez courus...

ROBINSON, *à part.*

Il se moque de moi, c'est sûr.

LORD MULGRAVE, *à Toby, désignant la petite porte à gauche.*

Sergent, faites transporter dans cet appartement les bagages de monsieur ; vous entrerez par l'escalier dérobé qui donne dans l'orangerie. Vous trouverez quelqu'un qui vous conduira.

ROBINSON, *très-étonné.*

Mes bagages !

LORD MULGRAVE, *prenant Robinson à part.*

Oui, nous avons besoin de vous avoir sous la main.

ROBINSON, *à part, avec douleur.*

Sous la main !

LORD MULGRAVE.

Maintenant qu'on nous laisse !

EFFIE, *à Robinson, avec désespoir.*

Vous quitter en ce moment !

ROBINSON.

Excusez-la, général.

LORD MULGRAVE.

Cette émotion est bien naturelle. (*Désignant la petite porte à gauche.*) Madame peut disposer de cet appartement pendant quelques heures.

ROBINSON, *bas à Effie.*

Quelques heures ! il paraît que ça ne sera pas long.

LORD MULGRAVE, *à Robinson.*

La séparation lui paraîtra ensuite moins pénible.

ROBINSON, *à part.*

La séparation! c'est ça.

TOBY, *à demi-voix à Robinson.*

Du cœur, sacrebleu! du cœur, quoi qu'il arrive! (*Bas à Effie.*) Venez!

EFFIE, *à part.*

Qu'est-ce qu'ils vont faire de lui, bon Dieu!

ROBINSON, *d'une voix tremblante.*

A bientôt, mes amis! à bientôt!

Sans être vu de lord Mulgrave, il prend Effie dans ses bras, et l'embrasse à plusieurs reprises. Toby les sépare et entraîne Effie: ils sortent par la petite porte à gauche.

SCENE V.

ROBINSON, LORD MULGRAVE.

LORD MULGRAVE.

Nous sommes seuls, écoutez-moi.

ROBINSON, *affectant de l'assurance.*

Oui, mylord.

LORD MULGRAVE.

La dépêche que le roi vient d'ouvrir devant vous a fait naître au plus haut degré sa colère et son indignation.

ROBINSON, *d'un air suppliant.*

Eh bien! mylord...

LORD MULGRAVE.

Eh bien! cette dépêche apprend à sa majesté que nos affaires vont mal en Irlande.

ROBINSON, *très-étonné, balbutiant.*

Elles vont mal en Irlande, nos affaires? tiens, tiens! tiens!

LORD MULGRAVE, *toujours avec mystère.*

Les mécontens augmentent de jour en jour, ils ont même osé prendre des positions militaires.

ROBINSON.

Voyez-vous! (*A part, avec joie.*) On ne sait rien! mon frère! mon frère!...

LORD MULGRAVE.

Notre bonté, ils l'ont prise pour de la faiblesse, de la crainte; ils ont eu l'audace de déchirer les proclamations royales, et, vous le dirai-je? violant toutes les règles de la guerre, ils se sont emparés du major Turner et ils l'ont fusillé!

ROBINSON.

Ils ont fusillé le major Turner! cet excellent Turner! (*A part.*) Je ne le connaissais pas du tout.

LORD MULGRAVE, *avec chaleur.*

Plus de pitié pour eux! ils veulent la guerre, ils l'auront.

ROBINSON, *cherchant à s'animer.*

C'est bien fait!

LORD MULGRAVE.

Mais une guerre terrible! le sang veut du sang.

ROBINSON.

Parbleu!

LORD MULGRAVE, *marchant à grands pas.*

Ah! messieurs les Irlandais, vous assassinez lâchement l'homme qui venait vous apporter des paroles de paix et de pardon!... ce n'est plus un ambassadeur que nous daignerons vous envoyer pour vous faire entendre la raison et baisser humblement la tête; nous vous enverrons un homme de guerre, un homme sans pitié, un sabreur!... (*S'arrêtant vis-à-vis de Robinson et le montrant.*) Et le voilà!

ROBINSON, *tombant sur un fauteuil.*

Plaît-il?

LORD MULGRAVE, *sans faire attention à Robinson et regardant la carte sur la table à droite.*

Point de remerciemens, capitaine Robinson! le courage plus qu'humain que vous avez montré dans la dernière affaire nous est un sûr garant du succès. Pas de transaction avec les rebelles! entendez-vous, capitaine Robinson? (*Robinson, ne sachant où il en est, fait signe que non.*) Le sabre, rien que le sabre!

Robinson fait signe que oui.

ROBINSON, *à part.*

J'étouffe, j'aurais besoin de me faire saigner!

LORD MULGRAVE.

Vous partirez dans trois heures.

ROBINSON, *balbutiant.*

Permettez, mylord... permettez... dans trois heures! diable! sans être préparé? sans avoir pris les petites dispositions nécessaires...

LORD MULGRAVE.

Je vous comprends... vous voulez arrêter avec moi une espèce de plan de campagne... c'est juste? je reconnais bien là l'homme de guerre! Tenez, voici la carte détaillée de l'Irlande! pointons ensemble. (*Il va s'asseoir à la table à droite.*) Mettez-vous en face de moi, là.

ROBINSON, *à part, approchant un fauteuil.*

J'aimerais mieux avoir à prendre une demi-douzaine de redoutes!

Il s'assied.

LORD MULGRAVE, *pointant sur la carte.*

Tenez!... les rebelles se sont emparés de ces défilés... nos troupes sont ici!... que pensez-vous devoir faire?

ROBINSON, *après avoir regardé long-temps la carte avec une grande attention.*

J'y suis.

LORD MULGRAVE.

Vraiment?

ROBINSON.

Oui, général!... voyons!... et vous?

LORD MULGRAVE, *avec modestie.*

Moi?... j'appuierais notre aile gauche contre ce ravin.

ROBINSON.

C'est ce que j'avais pensé.

LORD MULGRAVE.

Mais si l'ennemi tournait le ravin, comment sauveriez-vous le centre?

ROBINSON, *voulant prendre de l'assurance.*

Le centre?... le centre!... mon général... vous comprendrez que, lorsqu'on a comme moi l'habitude de la guerre, on s'occupe du centre avant tout, parce que le centre!... diable, le centre!... c'est tellement important... je suis sûr que vous y avez pensé, général !

LORD MELGRAVE.

Moi!... je ferais alors traverser la rivière pour se jeter dans le bois que voici...

ROBINSON.

Eh bien! moi, général, sauf meilleur avis... je ferais traverser la rivière pour se jeter dans le bois que voici...

Il montre un endroit sur la carte.

LORD MELGRAVE.

Mais c'est justement ce que je viens de vous dire.

ROBINSON.

Alors nous sommes du même avis... je croyais que vous me proposiez de tourner...

LORD MELGRAVE.

Les marais?... non, non...

ROBINSON.

Non, non, non !... il faut traverser les bois pour se jeter dans la rivière!... non... c'est pas ça... traverser la rivière pour se jeter dans les bois !

LORD MELGRAVE, se levant.

Fort bien, capitaine! vous m'avez compris... il faut finir la campagne en huit jours; sans cela, les insurgés auraient le temps de se mieux rallier... de deviner nos intentions... d'étendre leurs intelligences... il faut tomber sur eux!... Vous risquerez votre existence, sans doute; mais des hommes comme vous, capitaine, comptent la vie pour si peu de chose.

ROBINSON, avec un air d'insouciance, et levant les épaules.

Oh! (Se reprenant.) Cependant, général, je vous l'avoue, ça dérange toutes mes idées... après les fatigues de la guerre, on est bien aise de se reposer... une vie tranquille... je songeais à un mariage...

LORD MELGRAVE

Y pensez-vous, capitaine? vous ne pouvez refuser d'accomplir la belle et noble mission qui vous est offerte... D'ailleurs, dans une circonstance aussi critique, ce serait nous trahir.

ROBINSON.

Mylord !...

LORD MELGRAVE.

Vous êtes l'homme qu'il nous faut !... vous êtes l'homme de l'époque, et nous comptons sur vous pour pacifier l'Irlande, capitaine Robinson... songez-y, nous comptons sur vous!

Il sort par la droite.

SCÈNE VI.
ROBINSON, seul.

Aller pacifier l'Irlande !... où l'on fusille les majors !... qu'est-ce qu'ils me feront, à moi qui ne suis que capitaine!... Refuser tout-à-fait!... impossible!... m'échapper? ah! bien, oui!... le roi défend que je bouge d'ici!... d'ailleurs, tout retomberait sur mon frère... Scélérat de George, va... mon bon frère!... que faire?... que devenir?

SCÈNE VII.
ROBINSON, JENKINS.

JENKINS.

Je vous cherchais, monsieur.

ROBINSON, à part, reconnaissant Jenkins.

A l'autre à présent !... il ne manquait plus que celui-là!

JENKINS.

Cette fois, ce n'est plus pour vous provoquer, et cependant, je ne vous suivais à Windsor que pour vous obliger enfin à me rendre raison... mais les prières, les larmes de ma pauvre sœur ont calmé ma colère... je viens de lui jurer d'être maître de moi... et, vous le voyez, je suis calme... voici vos lettres et votre portrait; remettez-moi celles de ma sœur.

ROBINSON, balbutiant.

Les lettres!... oui... vous demandez les letres, n'est-ce pas?

JENKINS.

Il ne faut pas qu'il vous en reste une seule entre les mains... vous me comprenez?

ROBINSON.

Parfaitement... mais... je ne porte pas sur moi... vous concevez...

JENKINS.

Pas une minute de retard, monsieur... ces lettres, il me les faut!

ROBINSON.

Pour vous satisfaire, il me faudrait du temps; mais je pars pour aller pacifier l'Irlande!... je n'ai pu obtenir le moindre délai, même pour les affaires les plus importantes... des affaires de famille... mon mariage!...

JENKINS, tirement..

Votre mariage?

ROBINSON, à part.

Qu'est-ce que j'ai dit là, bon Dieu!

JENKINS, exaspéré.

Votre mariage!... ah! c'est le comble de la perfidie!... votre mariage avec une autre que ma sœur !

ROBINSON.

Pas moyen de causer avec vous... Eh! qui vous dit que ce soit avec une autre que votre sœur?

JENKINS.

Qu'entends-je?... il se pourrait!...

ROBINSON.

Certainement!... ça se pourrait!...

JENKINS.

Quoi!... vous seriez revenu à de meilleurs sentimens!... Oh! oui, vous êtes un honnête homme... la réparation que vous refusiez à ma violence, vous l'accordez de plein gré, d'après votre noble cœur...

ROBINSON.

D'après mon noble cœur!... et la peur que tu m'inspires, vieux loup de mer !

JENKINS.

Et l'on vous a refusé un délai?

ROBINSON.

J'ai eu beau leur dire que j'irais pacifier l'Irlande un autre jour... ils n'ont rien voulu entendre!

JENKINS.

Eh bien, je l'obtiendrai, moi, je l'obtiendrai!...

ROBINSON, à part, avec joie.

Un délai!... que dit-il?

JENKINS.

Moi aussi j'ai rendu des services à mon pays... un jour, le roi, en mettant la main sur la garde de son épée, a juré de m'accorder la première grâce que je solliciterais.

ROBINSON.

Sollicitez, sollicitez, cher beau-frère!

JENKINS, prenant la main de Robinson.

Ah! que ces mots me font de bien... quelle sera la joie de ma pauvre sœur... elle est ici... à Windsor... quel bonheur pour elle!... capitaine Robinson, croyez-en ma parole, vous ne partirez pas!

Il sort vivement par la droite.

SCÈNE VIII.

ROBINSON, puis EFFIE.

ROBINSON.

Un délai!... je suis sauvé!

EFFIE, paraissant avec précaution par la petite porte à gauche.

Eh bien, le roi...?

ROBINSON, avec joie.

Ne se doute de rien.

EFFIE.

Je respire!

ROBINSON.

Oui, mais tu ne sais pas? on voulait m'envoyer faire la guerre en Irlande.

EFFIE.

Ah! mon Dieu!

ROBINSON.

Mais je n'irai pas, je reste!

EFFIE.

Bien vrai?

ROBINSON.

Figure-toi que l'horrible Jenkins est revenu!

EFFIE, effrayée.

Qu'entends-je!

ROBINSON.

C'est le ciel qui me l'envoie... il me privera d'aller en Irlande.

EFFIE, vivement.

Il se pourrait!

ROBINSON.

Et en revanche, moi, je lui ai promis d'épouser sa sœur.

EFFIE, avec stupéfaction.

Vous avez promis d'épouser! et moi, monsieur?

ROBINSON.

Sois donc tranquille! le point capital était de gagner du temps. Que diable! un mariage ne se fait pas d'un jour à l'autre! je traîne les choses en longueur, mon frère se retrouve, il reprend sa place, nous retournons à Preston, je dépose mes armes, je serre mes lauriers, je t'épouse, et tout est dit.

EFFIE, avec joie.

Et tout est dit!

DUETTINO.

ROBINSON et EFFIE.

Ah! pour nous quel bonheur!
Espoir flatteur
Vient sourire à mon cœur!
Ah! pour nous quel bonheur!
Plus de douleur,
Adieu la guerre.
La ruse est nécessaire,
Gagnons du temps adroitement,
En amour, en affaire,
C'est le point important.

ROBINSON.

Nous allons revoir nos amis,

EFFIE.

Et bientôt nous serons unis.

ROBINSON.

Et, pour charmer mes jours,
J'aurai la bierre et mes amours!

ENSEMBLE.

ROBINSON.

Ensemble, désormais pour toujours!

EFFIE.

Que nous serons heureux!
En nous aimant tous deux!

ROBINSON.

Pour nous chérir, je crois,
Bientôt nous serons trois.

ENSEMBLE.

Ah! pour nous quel bonheur!

EFFIE.

Mais pas d'imprudence!

ROBINSON.

Ne négligeons rien.

EFFIE.

Sauvons l'apparence.

ROBINSON.

Observons-nous bien.

EFFIE.

L'habit militaire
Doit bien vous laisser.

ROBINSON.

Ah! bientôt j'espère
Pouvoir le laisser.
Le métier de la guerre
Est un vilain métier:
De bon cœur je préfère
Le houblon au laurier.

ENSEMBLE.

Ah! pour nous quel bonheur!
Espoir flatteur
Vient sourire à mon cœur,
Ah! pour nous quel bonheur!
Plus de douleur!
Adieu la guerre!
La ruse est nécessaire,

Gagnons du temps adroitement;
En amour, en affaire,
C'est le point important.
Que nous serons heureux
En nous aimant tous deux!

SCENE IX.

LES MÊMES, LORD MULGRAVE, *suivi de* DEUX
OFFICIERS, *avec lesquels il cause en entrant.*

LORD MULGRAVE, *à Robinson.*

Monsieur, tous vos vœux sont comblés! le roi
approuve votre mariage avec miss Jenkins.

ROBINSON, *bas à Effie avec joie.*

Pas d'Irlande!

LORD MULGRAVE.

Ce mariage sera célébré tout-à-l'heure dans la
chapelle du château.

ROBINSON, *altéré.*

Tout-à-l'heure?

LORD MULGRAVE.

En présence de sa majesté... Vous ne partirez
que demain pour l'Irlande.

ROBINSON, *stupéfié.*

Demain!

LORD MULGRAVE, *prenant un rouleau de papier des
mains d'un des officiers.*

Voici le présent de noce que le roi vous envoie.
(*Il remet le papier à Robinson.*) Vous êtes major! il vous fallait ce grade pour remplacer le malheureux Turner.

ROBINSON, *à part.*

Et pour me faire fusiller!

LORD MULGRAVE, *aux officiers.*

Suivez-moi, messieurs.

Il sort par la droite, suivi des officiers.

SCENE X.

ROBINSON, EFFIE.

ROBINSON.

Ah! c'est le dernier coup!... marié!

EFFIE, *chancelant.*

Marié!... plus d'espoir! c'en est donc fait! ah!
malheureuse! je me meurs!...

Elle tombe évanouie dans un fauteuil.

ROBINSON, *courant à elle.*

Elle se trouve mal! Effie! Effie! reviens à toi,
ça ne sera pas, j'avouerai tout, tant pis! on va
tout savoir!

SCENE XI.

LES MÊMES, TOBY.

TOBY, *avec agitation, accourant par la petite porte
à gauche; à Robinson.*

Ah! c'est vous, je vous cherchais! grande nouvelle!

ROBINSON, *cherchant à faire revenir Effie.*

Sergent, tout est perdu!

TOBY.

Tout est sauvé, au contraire; mais qu'on ne vous
voie pas ici... vite, entrez là dans cette chambre!

ROBINSON.

Mais Effie, cette pauvre Effie?...

TOBY.

Je veillerai sur elle; entrez, de par tous les
diables, entrez là-dedans. (*Il le pousse dans l'appartement à gauche, puis court à Effie.*) Pauvre
fille! quelle sera sa joie, quand elle apprendra...!

SCENE XII.

EFFIE, *toujours évanouie,* TOBY, JENKINS, *puis*
GEORGES ROBINSON.

FINAL.

JENKINS, *e dcant avec colère.*

C'en est trop! c'en est trop! à quel nouveau soupçon
Faut-il encor que je me livre?
Viendra-t-il à la fin ce major Robinson?

GEORGES ROBINSON, *paraissant par la petite porte à
gauche et avec dignité.*

Me voilà, capitaine, et tout prêt à vous suivre.

JENKINS, *se calmant.*

C'est bien! mais venez à l'instant,
Car sa majesté vous attend.

*Des huissiers ouvrent les portes du fond, et l'on aperçoit
la salle du trône; le roi d'Angleterre est entouré de
toute sa cour; Georges Robinson salue humblement le
roi, puis Jenkins le conduit auprès de miss Anna, sa
sœur, qui est en costume de mariée; tout est préparé
pour la signature du contrat; Toby, sur le devant du
théâtre, tâche de faire revenir Effie à elle.*

CHOEUR, *au fond.*

Honneur, honneur
A ce fameux vainqueur!
De lui l'Angleterre
Sera toujours fière!
Simple lieutenant,
Pour lui quel beau rêve!
Sa valeur l'élève
Jusqu'au premier rang.

*Pendant le chœur, Effie revient à elle par degrés; à la
fin du chœur, elle regarde autour d'elle avec stupéfaction, puis aperçoit Georges Robinson et tout ce qui
se passe au fond.*

EFFIE, avec des *pleurs.*

Dieu! qu'ai-je va! quelle angoisse mortelle!

Elle veut se précipiter vers le fond, Toby la retient.

~~~~~~

SCÈNE XIII.

LES MÊMES, DANIEL ROBINSON, *dans son costume du premier acte, paraissant tout-à-coup
par la petite porte à gauche.*

EFFIE, *courant se jeter dans ses bras.*

Ah!

DANIEL ROBINSON, *la pressant sur son cœur.*

Mes enfans, mes enfans, que nous l'échappons belle!

*Regardant avec émotion, au fond, où l'on aperçoit Geor-
ges Robinson qui signe le contrat.*

Ton frère! d'ici je le vois.

EFFIE, *vivement.*

Comment?... parlez!... expliquez-moi...

TOBY.

Par une troupe rebelle

Fait prisonnier loin du camp,

Il n'a pu, malgré son zèle,

Rejoindre son régiment.

Le voici de retour!

DANIEL ROBINSON, *avec joie.*

Je redeviens brasseur.

TOBY.

Mais partez, mais partez!

DANIEL ROBINSON.

À l'instant, de grand cœur.

Quel doux espoir!

Je vais revoir

Ma brasserie;

Et vivre toujours

Pour mon Effie

Et les amours!

TOUS TROIS, *à mi-voix.*

Quel doux espoir!

Je vais }

Il va } revoir

Ma }

Sa } brasserie,

Et vivre toujours

Pour { mon
        son } Effie

Et les amours!

*Pendant cet ensemble, on aperçoit au fond un grand
mouvement. Le contrat a été signé; on va conduire les
fiancés à la chapelle; Toby entraîne vivement Daniel
Robinson et Effie par la petite porte à gauche.*

CHŒUR,

Très-brillant, au fond.

Ils sont unis! quel beau jour

Pour la gloire et pour l'amour!

FIN.

~~~~~~

DISTRIBUTION

DES RÔLES DU BRASSEUR DE PRESTON,

Faite par les auteurs.

PERSONNAGES.	EMPLOIS.
ROBINSON....................	Ce rôle appartient à l'artiste qui a créé CHAPELOU dans *le Postillon de Lonjumeau.*
TOBY.......................	Première basse-taille.
JENKINS....................	Philippe Garaudan.
MULGRAVE..................	Seconde basse ou plutôt rôle de comédie (Ferville).
LOVEL......................	Deuxième ténor.
BOB........................	Second trial.
EFFIE......................	Forte chanteuse.

Les auteurs, MM. ADAM, DE LEUVEN et BRUNSWICK, prient MM. les directeurs de province de faire exécuter les refrains *soli* de la chanson militaire et le quatuor du final du second acte par les premiers
coryphées de chaque partie.

Note essentielle. — La mise en scène de cette pièce, telle qu'elle est réglée au théâtre royal de
l'Opéra-Comique, a été transcrite et imprimée avec les plus grands détails. MM. les directeurs de
province sont priés de s'adresser, pour l'avoir, à M. Palianti, second régisseur de l'Opéra-Comique.

PARIS.—IMPRIMERIE DE Ve DONDEY-DUPRÉ,
Rue Saint-Louis, 46, au Marais.

www.ingramcontent.com/pod-product-compliance
Lightning Source LLC
Chambersburg PA
CBHW061625180626
46818CB00005B/2235